Le Cœur de Pierre

Une Romance de Gargouille Protectrice

Demelza Carlton

Lost Plot Press

UN

Depuis des semaines maintenant, Ben ne pouvait penser à rien d'autre qu'à s'échapper. S'échapper de cette prison de pierre. Il n'avait peut-être qu'un marteau et un burin, mais par tout ce qui lui était cher, il allait se libérer...

— Pendant un instant, on aurait dit que tu étais une gargouille - tu étais si parfaitement aligné avec ces ailes et ces cornes que j'aurais juré que tu étais le démon... oh, exactement comme ça ! Si seulement tu pouvais voir ta tête...

Torstan se plia en deux de rire.

Ben posa ses outils et jeta un coup d'œil par-dessus son épaule. Oui, la première gargouille semblait assez vivante, ses ailes arquées comme si elle était prête à s'envoler, mais la seconde lui échappait. C'était presque comme si la créature ne voulait pas être libérée de sa prison de pierre. Il le fallait pourtant, car Sir William Burke voulait deux gargouilles sur cette folie, et elle ne serait pas complète sans elles. Et s'ils ne terminaient pas le travail, ils ne gagneraient jamais assez pour payer leur passage vers les Colonies, et ils resteraient coincés ici comme de pauvres métayers pour le reste de leurs jours.

— Peut-être devrais-je sculpter une réplique de ton visage sur cette gargouille, dit Ben, mais même au moment où ces mots quittaient ses lèvres, il savait qu'il ne le ferait pas. Cette gargouille continuait de lui échapper. Peut-être que ce bloc de calcaire renfermait plutôt une belle femme piégée, une statue de quelque reine guerrière depuis longtemps disparue...

Non. Ce bloc de pierre contenait une gargouille d'une sorte ou d'une autre. Il devait juste savoir à quoi elle ressemblait, voir l'image dans sa tête qui se cachait dans la pierre, et il pourrait la tailler jusqu'à ce qu'il ait libéré la créature.

Et lui et Torstan pourraient être libres. Propriétaires terriens, fermiers de plein droit, sans être redevables à aucun chevalier ou seigneur qui n'était pas meilleur homme que n'importe lequel des frères Stone, quoi qu'ils prétendent. Là où tous les hommes seraient libres et égaux...

Torstan épousseta ses mains.

— Tant qu'elle est assez hideuse pour plaire à Sir William, sculpte le visage que tu veux dessus. Maintenant que j'y pense, cependant... la première ressemble beaucoup à Dunstan. Ce regard étroit qu'il avait, juste avant de nous passer un savon pour toutes les bêtises qu'on avait réussi à faire pendant qu'il aidait Père à la ferme.

Ben plissa les yeux en regardant la gargouille.

— Cet après-midi où on est rentrés tôt de l'école et où tu as décidé que les pommes étaient prêtes à être récoltées, alors que c'était bien trop tôt... Je t'ai cru, et on en a cueilli un boisseau avant que je ne morde dans une et découvre que tu avais tort... c'est l'expression qu'il avait sur le visage ce jour-là. Comme un démon venu nous traîner tous les deux vers la damnation éternelle.

Torstan soupira.

— Oh, ce que je donnerais pour une de ces pommes maintenant. En l'état, on devrait partir en bateau avant qu'elles ne soient mûres cette année. Si jamais on finit ce travail.

Ben réussit à sourire.

— On y arrivera. Et on écrira à Dunstan, pour lui dire où il pourra nous trouver à la nouvelle ferme Stone, pour que quand il aura fini de naviguer, il puisse s'installer pour cultiver avec nous.

— Oui, oui, mais il n'y aura pas de ferme Stone tant qu'on n'aura pas fini cette folie. Tu as des gargouilles à sculpter, j'ai des murs à construire, et il n'y a qu'un nombre limité d'heures dans une journée. Au travail !

Ben fit sa meilleure approximation d'une révérence de cour, comme il imaginait que les seigneurs de Londres le faisaient aux filles qui leur plaisaient lors d'un bal.

— Oui, monseigneur Torstan. Tout de suite !

Pendant un instant, des rires s'élevèrent du chantier, avant d'être remplacés par le tintement et le cliquetis du marteau sur le burin, et de la pierre sur la pierre. Après tout, les ruines pittoresques d'un château ne se construisaient pas toutes seules.

DEUX

Dunstan plissa les yeux en scrutant le rivage avec méfiance. Après tant de temps en mer et tant de ports étrangers, il n'était pas sûr s'il rêvait ou si c'était vraiment chez lui.

— Moi et quelques-uns des gars, on va à terre. Tu viens ? Les tavernes du front de mer sont bien pour ceux qui ne connaissent pas, mais il y a une auberge de l'autre côté de la ville qui sert la meilleure bière brune du pays. Peut-être même du monde.

Dunstan acquiesça. — La Nouvelle Auberge. Bien qu'elle ne soit plus nouvelle depuis des siècles, et que je n'aie jamais réussi à découvrir ce qui était arrivé à l'ancienne auberge, si elle avait jamais existé. Aura-t-on même le temps pour une pinte de bière ? La dernière fois qu'on est allés boire dans un vrai pub, je n'ai même pas eu le temps de prendre une gorgée avant que le capitaine nous en sorte, prêts à charger sa nouvelle cargaison pour qu'on puisse partir le matin.

— Ah, aucune chance que ça arrive ! On sera à terre pour quelques semaines, peut-être plus, cette fois-ci. Johnson fit un clin d'œil.

Un malaise agita le ventre de Dunstan. Le capitaine Cammell n'aimait pas que les navires restent à quai sans rien faire. Il devait y avoir une raison impérieuse pour qu'il reste ici si longtemps. — Qu'as-tu entendu que je n'ai pas entendu ?

Johnson bomba le torse. — J'ai entendu dire qu'on a été engagés par nul autre que le Secrétaire des Colonies, pour amener des passagers et des fournitures à la toute nouvelle colonie de Swan River.

La colonie de Swan River avait vingt ans si elle en avait un — et son oncle attendait que Dunstan et ses frères le rejoignent depuis que la colonie avait été fondée. C'était peut-être sa chance d'acheter un passage pour eux tous. Ou, mieux encore, de gagner leur passage en travaillant pendant le voyage, et d'utiliser les précieuses pièces qu'il avait économisées pour acheter ce dont ils auraient besoin pour commencer à cultiver dès leur arrivée. Plus ils apporteraient d'équipement, plus le Gouverneur leur accorderait de terres. Alors ils seraient leurs propres maîtres, ne répondant qu'à eux-mêmes, bien loin de leur vie de petits fermiers ici.

Deux semaines seraient plus que suffisantes pour rentrer chez lui, persuader ses frères et les ramener ici, prêts à partir pour la colonie. Peut-être que le capitaine l'autoriserait à partir ce soir, s'il le rattrapait à temps.

Comme si le destin était enfin de son côté, le capitaine Cammell apparut devant lui.

Il n'y avait pas de meilleur moment.

— Bonsoir, Capitaine, commença Dunstan.

TROIS

Le soleil qui traversait la fenêtre de Pamela la réveilla. C'était une lumière faible, mais du soleil quand même, et la première belle journée depuis des semaines. Elle n'avait pas l'intention de perdre une seule minute de ce beau temps. Elle s'habilla et descendit les escaliers en un clin d'œil, sa sacoche de matériel de dessin cognant contre sa hanche à chaque marche.

Fini le temps où une femme de chambre lui apportait son petit-déjeuner et l'aidait à s'habiller. Maintenant, Mme Jewkes était la seule domestique qu'ils pouvaient se permettre, et elle était si occupée à assumer le double rôle de cuisinière et de gouvernante que Pamela n'osait pas lui en demander davantage.

— Vous êtes matinale, Mademoiselle Pamela, dit Mme Jewkes en sortant le pain du four et en le posant sur la table.

— La lumière du matin est si belle pour dessiner aujourd'hui, répondit Pamela. Elle avait prévu de prendre quelque chose de froid dans le garde-manger pour le petit-déjeuner, mais l'odeur du pain frais la tentait plus que le diable lui-même.

— Je vais vous préparer un panier de petit-déjeuner à emporter. Votre père s'est couché tard hier soir et ne se réveillera probablement pas avant midi, donc il ne voudra sûrement pas d'un repas chaud avant le dîner, dit Mme Jewkes.

Père avait encore bu, et dormirait pour cuver son vin pendant de nombreuses heures encore, voilà ce que la gouvernante ne disait pas, bien que cela flottât dans l'air entre elles malgré tout. Elles savaient toutes les deux qu'il avait fait la même chose chaque soir depuis son retour de Londres. Avant son départ, il avait parlé de changer leur fortune, pour que Pamela puisse peut-être l'accompagner lors de son prochain voyage et profiter d'une saison de bals et de fêtes. Mais après son retour, il n'avait plus parlé de rien, et Pamela craignait que cela ne signifie que leur fortune n'avait fait qu'empirer.

Peut-être que le destin lui sourirait à elle, et l'aiderait à trouver un riche mari qui pourrait changer sa fortune, et donc celle de son père aussi. Bien qu'elle n'eût aucune idée de comment rencontrer un tel homme ici à Burke Castle. Avec seulement Mme Jewkes, elles pouvaient difficilement recevoir à la grande échelle qui attirerait un duc ou peut-être un lord vers elle.

Bien qu'ils seraient probablement vieux ou cruels ou auraient quelque autre défaut qui ferait d'eux de terribles maris, ou alors quelque fille de duc les aurait déjà attrapés depuis longtemps. Néanmoins, s'il y avait quelque chose que Pamela pouvait faire pour que son père sourie à nouveau, au lieu de rester assis silencieusement chaque soir, buvant jusqu'à se mettre dans la tombe prématurément, elle endurerait presque n'importe quoi.

— Vous allez bien, Mademoiselle Pamela ?

Pamela cligna des yeux. Pendant qu'elle était perdue dans ses pensées, Mme Jewkes avait préparé son panier et le lui tendait maintenant avec expectative. — Oui, j'étais juste perdue dans mes pensées. Je me demandais où je devrais aller dessiner aujourd'hui. Peut-être en bas près de l'ancienne carrière, où le trou rempli d'eau reflète le ciel bleu et les collines environnantes. Il vaudrait mieux que je prenne le sentier de la falaise pour y aller, comme ça je pourrai voir si des nuages de pluie menacent de me renvoyer tôt à la maison. À moins que je ne puisse voir jusqu'aux îles, auquel cas je pourrais dessiner le paysage marin à la place. Pensez-vous...

Mais Mme Jewkes était déjà occupée de l'autre côté de la cuisine, ne prêtant plus aucune attention à Pamela.

Pamela laissa échapper un petit rire. Si elle était une grande dame dans un château bien plus grandiose, elle s'offusquerait probablement d'être ignorée par une domestique, mais Burke Castle avait depuis longtemps perdu toute la splendeur qu'il avait pu avoir au cours des siècles où il s'était dressé sur les falaises maritimes, et si Mme Jewkes décidait de quitter le château, Pamela elle-même prendrait sa place dans les cuisines. Une perspective effrayante qui aboutirait probablement à l'empoisonnement de son père et d'elle-même, car les seuls arts féminins que Pamela possédait étaient le dessin et la peinture, pas la cuisine.

Père lui avait rapporté un nouveau carnet de croquis et des pastels de Londres. Peut-être que si elle dessinait quelque chose de joli avec, elle pourrait le faire sourire à nouveau. Dieu savait que rien d'autre qu'elle avait essayé n'avait fonctionné.

Les couleurs seraient plus vives près de la carrière, décida-t-elle, alors c'est là qu'elle se rendit. Sauf que, lorsqu'elle atteignit le sommet de la dernière colline, elle ne trouva pas le miroir aquatique qui l'attendait. Au lieu de cela, l'endroit était une véritable fourmilière d'activité, avec une demi-douzaine d'hommes qui coupaient et transportaient des blocs de pierre blanche poussiéreuse.

— Que se passe-t-il ? Où emmenez-vous tout ça ? demanda-t-elle.

Les hommes se regardèrent, avant que l'un d'eux ne s'avance. — Vers les maçons, mademoiselle. Il pointa du doigt la colline suivante, où elle avait prévu de s'asseoir pour dessiner.

Elle plissa les yeux en regardant là-haut. Quelque chose prenait forme là-bas, bien que ce fût trop bas pour être sûr de quoi il s'agissait.

Pourrait-ce être une nouvelle maison, quelque chose de plus moderne que le délabré Burke Castle ? Peut-être que la chance de Père avait tourné pour le mieux pendant qu'il était à Londres, et qu'il avait voulu lui faire une surprise.

Eh bien, elle était surprise - maintenant qu'elle en avait vu le début, elle devait voir comment le travail progressait. Elle gravit péniblement la colline suivante en passant devant la carrière.

QUATRE

Ce n'est qu'une fois arrivée au sommet de la colline que Pamela put voir ce qu'ils construisaient. Cela ressemblait à une version réduite du château de Burke, mais étant construit sur le versant exposé au vent de la colline, face à la mer, il serait probablement plus froid et encore plus exposé aux courants d'air que l'original. Difficilement une amélioration. À quoi pensait son père ?

Un homme apparut de derrière le mur, poussant une pierre pour la mettre en place.

— Vous, là ! dit-elle en marchant d'un pas décidé vers lui. Que construisez-vous ?

— C'est une folie, mademoiselle.

Elle rit. — Ça, c'est sûr. Qui voudrait vivre dans un endroit aussi venteux ?

Le front de l'homme se plissa. — Non, c'est une folie, mademoiselle. Sir William Burke nous a commandé de construire une folie, un château en ruine pittoresque ici, avec des statues et tout le reste. Quelque chose qu'on puisse voir depuis les étages supérieurs du côté nord du château de Burke, quand Sir William regarde vers la mer, a-t-il dit.

Ah, voilà pourquoi elle ne l'avait pas vu. Ses fenêtres donnaient sur le sud, et les autres pièces du château qu'elle fréquentait étaient toutes au rez-de-chaussée. Les étages supérieurs du côté nord du château étaient les appartements de son père, et la salle de bal, un vaste espace rempli de meubles recouverts de draps, fantômes d'un passé qui ne verrait plus jamais le jour. Il en avait été ainsi durant toute la vie de Pamela, et probablement durant la majeure partie de celle de son père aussi, car elle avait entendu Père dire que les dettes de jeu que son grand-père avait accumulées dans sa jeunesse signifiaient qu'ils n'avaient plus de luxes comme les bals ou tout autre divertissement de ce genre.

Pourtant, dans un monde meilleur, quand la lune serait pleine, on pourrait quitter le tourbillon des danseurs dans la salle de bal pour se tenir sur la terrasse et s'émerveiller devant la ruine sur la dernière colline avant la mer, silhouettée au clair de lune, un mystère qui hanterait le regard et les rêves pendant de nombreuses nuits après la fin du bal. En fait, elle pouvait le voir si clairement qu'elle voulait le coucher sur le papier, un rendu saisissant au fusain sur la page blanche...

Elle descendit un peu la colline, jusqu'à ce que, en levant les yeux, les murs de pierre s'étirent vers le ciel depuis le sommet de la colline. Si seulement elle imaginait la lune là où se tenait maintenant le soleil, ses rayons brillants annonçant son imminent lever au-dessus du sommet déchiqueté de la tour à moitié construite...

Pamela se perdit dans son tableau, et dans ce moment parfait où il n'y avait rien d'autre qu'elle et le ciel, le sommet de la colline et les pierres projetant leur ombre sur la vallée en contrebas.

CINQ

Encore de la pierre, Monsieur Stone, dit une voix respectueuse.

Ben leva les yeux. Torstan n'était nulle part en vue et l'effigie démoniaque de Dunstan était incapable de parler, donc les hommes avec le chariot semblaient s'adresser à lui.

— Je suis juste Ben, les gars, un ancien fils de fermier qui essaie de gagner sa vie, comme vous, dit Ben.

Il reconnut le regard impassible sur leurs visages et soupira intérieurement. Il n'avait grandi qu'à deux villages du leur, mais cela aurait tout aussi bien pu être un monde à part, car ils étaient des étrangers. Et s'ils taillaient la pierre dans la carrière, tandis que lui et son frère la sculptaient et construisaient un château, cela faisait de lui quelqu'un d'un rang supérieur. Maudits soient les propriétaires anglais et leurs infernales classes sociales. Une raison de plus pour déménager aux Colonies, où tous les hommes étaient créés égaux, ou du moins c'est ce que certains disaient.

— Où voulez-vous que nous la mettions, Monsieur Stone ?

Ben ouvrit la bouche pour leur dire de la mettre avec le reste, mais il cligna des yeux devant l'espace vide où il y avait eu des blocs de pierre la dernière fois qu'il avait regardé. Torstan avait dû déjà les incorporer dans le château. Il ferait mieux de laisser la statue de Dunstan et de commencer la suivante, ou Torstan finirait le château avant que les décorations ne soient terminées.

— Juste... là, dit-il, en faisant un geste vers le bout de terrain vide. Il regarda les hommes décharger bloc après bloc, jusqu'à ce que l'un d'eux attire son attention. Pas aussi droit que les autres, il y avait une légère courbe naturelle dans la pierre, presque comme si...

— Sauf celui-là. Apportez-moi celui-là, ordonna-t-il.

— Il n'était pas cassé quand nous l'avons chargé sur le chariot, Monsieur Stone. Je ne sais pas ce qui s'est passé. Peut-être y avait-il un défaut dans la pierre et d'une manière ou d'une autre, elle s'est brisée en montant la colline. Je vais vous apporter

plus de pierre tout de suite pour la remplacer...
L'homme continua, tordant sa casquette dans ses
mains, mais Ben n'écoutait pas.

Le bloc endommagé atterrit à ses pieds et Ben en
fit le tour, prédateur comme un chat. Une section
de la pierre s'était détachée le long d'une ancienne
ligne de faille, courbée et ondulante comme les
collines autour de lui, ou du moins c'est ce qu'il
avait pensé au début. Maintenant, de près, cela
ressemblait davantage aux courbes d'une femme,
recroquevillée sur le côté comme si elle dormait.
Il ne pouvait en voir que la plus petite trace maintenant - son visage était caché dans le bloc intact, et
il aspirait à la libérer. À la réveiller de son sommeil
sans fin.

Il souleva son marteau et son ciseau, retenant
son souffle alors qu'il détachait le plus petit
morceau. Puis un autre.

— Non, ce n'est pas correct, dit une voix dis-
tinctement féminine.

Ben cligna des yeux. Sûrement la pierre ne pouvait pas lui avoir parlé ? Il plissa les yeux vers
les éclats qu'il avait ciselés, précisément au moment où le soleil choisit de faire une rare appari-
tion. La pierre de couleur crème captait la lumière, transformant la femme prisonnière en un
phare aveuglant qui brillait plus fort que le soleil

lui-même. Ben secoua la tête, déterminé à retrouver sa vision. Il ne pouvait pas sculpter ce qu'il ne voyait pas.

Ce n'est qu'alors qu'il la vit, et seulement parce qu'elle bougeait. Sa robe et son bonnet étaient verts comme l'herbe sur la colline derrière elle, seulement quelques nuances plus clairs que le livre recouvert de tissu dans ses mains. Elle le leva pour s'abriter les yeux, tandis qu'elle fixait le soleil d'un air mécontent.

Ben éclata de rire. Au début, il l'avait prise pour une fée, ou une autre sorte de créature surnaturelle, là un instant, et disparue en un clin d'œil, mais seule une femme humaine s'en prendrait ainsi au soleil pour avoir gâché sa lumière. Et sans doute une femme de qualité, car qui d'autre qu'une dame, qui n'avait jamais connu un jour de difficulté dans sa vie, s'en prendrait au soleil dans le ciel simplement pour avoir brillé ?

Heureusement, elle ne l'avait ni entendu ni remarqué. C'était pour le mieux, Ben le soupçonnait, car une femme qui se sentait supérieure au soleil serait probablement encore plus contrariée si un simple fils de fermier ou un apprenti maçon entrait dans son champ de vision et gâchait son croquis.

Car c'était ce qu'elle faisait dans le livre, sa main se déplaçant en coups rapides et sûrs qui firent que la main de Ben le démangea de faire de même.

Quand la journée de travail serait terminée, se promit-il. Son carnet de croquis n'était pas aussi beau que celui de la dame en vert, et il n'avait que du charbon pour dessiner, mais il avait la chance d'avoir des outils de dessin dans le cottage qu'il partageait avec son frère, et peut-être une heure de temps libre dans les longues soirées d'été pendant laquelle il pourrait s'adonner à un croquis ou deux. Il devrait essayer de dessiner la femme endormie dans la pierre, pour l'aider dans sa sculpture demain, mais c'était la dame en vert qui restait dans ses pensées plus que quiconque.

Ben dut se forcer à retourner au travail en cours, la femme blanche plutôt que la verte. Ses bras le captivèrent bientôt. L'un s'enroulait, plié au coude, avec sa main berçant sa tête, mais l'autre, elle l'avait jeté devant elle, atteignant presque quelque chose hors de vue. Ou peut-être protége ant... quoi ?

Le soleil battait sur Ben et sa pierre, mais il était inconscient de tout sauf du tapotement du marteau et du ciseau alors qu'il libérait lentement, méticuleusement, la femme endormie de sa prison.

SIX

Pamela secoua la tête. Elle était trop vieille pour de telles fantaisies enfantines. Rien d'effrayant ne se cachait dans l'obscurité et les ombres n'étaient rien d'autre qu'un jeu de lumière. Si elle voulait esquisser un monstre, il y en avait un en pierre à mi-chemin de la colline, un démon ailé dont le visage ressemblait à l'homme à qui elle avait parlé dans les ruines. Il devait être un maître bien dur si son apprenti avait sculpté sa ressemblance dans un démon. Jusqu'à ce que le sculpteur apparaisse, et qu'elle voie qu'il était plus âgé que la plupart des apprentis. La façon dont les ouvriers lui parlaient, l'appelant « M. Stone », témoignait d'un respect qu'un apprenti ne pouvait commander. Et l'habileté de son travail...

Pamela observa, fascinée, comment le bloc de pierre endommagé que les ouvriers avaient déposé aux pieds du démon commençait à prendre forme sous le marteau et le ciseau de l'homme. On aurait dit le genou d'un enfant... non, un coude, et un deuxième bras, étendu sur quelque chose, les doigts s'enroulant autour de manière protectrice. Pamela sourit. Elle ne confierait pas non plus ses trésors à ce démon ailé.

Elle prit un crayon et recommença à dessiner, capturant le front plissé du démon et les ombres projetées sur son visage par le soleil levant. Puis l'homme agenouillé à ses pieds, taillant ces deux bras de pierre, comme s'il avait l'intention d'arracher leur propriétaire de l'emprise de la pierre et de la sauver du démon. Car c'était sûrement une femme.

Le soleil tapait fort, mais Pamela n'y prêtait pas attention. L'homme enleva sa chemise, la suspendant sur le démon comme si la créature n'avait été qu'un vulgaire portemanteau, avant de retourner à sa sculpture.

Jamais les mains de Pamela n'avaient bougé si vite sur la page, esquissant l'homme et son travail, le démon et sa chemise, chaque mouvement présentant un nouvel angle que son œil souhaitait capturer à jamais.

Le soleil disparut à nouveau derrière les nuages, et le démon perdit sa chemise, mais pas avant qu'elle n'ait vu l'homme rejeter la tête en arrière alors qu'il avalait de l'eau, les muscles de son cou et de sa poitrine bougeant comme s'ils avaient leur propre vie. Que le simple acte de boire puisse paraître si parfait, si puissant...

Son crayon volait sur la page, s'efforçant de capturer le mouvement en une seule image. Elle en avait dessiné six, la dernière montrant l'eau ruisselant sur la poitrine de l'homme alors qu'il en avait renversé, et quand elle la regarda, elle ressentit un curieux frémissement dans son ventre, comme si elle avait avalé un papillon. Une sensation si étrange.

Pamela se força à détourner le regard. À fixer la pierre sombre et froide au sommet de la colline, les ossements d'un château qui ne serait jamais entier, des murs en ruine qui ne connaîtraient jamais que le vide, car ils ne supporteraient jamais un toit qui ferait de l'endroit un foyer. Il n'y avait pas d'histoire dans ce lieu, pas de batailles livrées, pas d'obscurité ni de lumière pour lui donner vie. C'était simplement... gris, reflétant le ciel au-dessus.

Elle tourna une nouvelle page et se remit au travail, mais avec un crayon et non du fusain cette fois. Ah, c'était mieux comme ça. Les lignes ne vacillaient plus, voulant montrer ce qui n'était pas là au lieu de ce qui était.

Pamela avait presque fini d'esquisser la construction et se demandait si elle devait inclure les nuages derrière, quand le soleil plongea sous les nuages dans sa plongée du soir vers la mer, embrasant la folie.

La pierre fraîchement taillée brillait d'un éclat doré, auréolée par les nuages qui s'étaient agglutinés comme de sombres souvenirs un instant auparavant.

Pamela n'arrivait pas à fermer la bouche. Elle voulait, non, elle avait besoin de capturer les couleurs. Maintenant, avant qu'elles ne s'estompent. Elle fouilla dans sa sacoche à la recherche de ses pastels et se mit fébrilement à ajouter de la couleur au dessin terne.

Cela ne semblait n'avoir duré qu'un moment ou deux, mais cela aurait pu être une heure, quand la lumière faiblit et que les ruines du château retournèrent à leur grisaille. Pamela s'affaissa, laissant tomber la boîte de pastels dans l'herbe. Elle berçait son carnet de croquis sur ses genoux, le souffle coupé par les couleurs vives qu'elle avait vues et capturées sur la page, mais le crépuscule menaçait de faire disparaître ces couleurs vibrantes si elle ne rentrait pas chez elle avant la nuit. Elle pourrait même se perdre, car elle n'avait pas pensé à apporter une lanterne pour éclairer son chemin.

À contrecœur, elle rangea tout dans sa sacoche, ramassa le panier qui s'était vidé mystérieusement pendant la journée — elle n'avait aucun souvenir d'avoir mangé une seule bouchée, mais elle avait dû le faire — et prit le chemin du retour.

Mais même alors qu'elle dirigeait ses pas vers le château Burke, son cœur et son esprit restaient dans les ruines, volant une promesse murmurée qu'elle reviendrait le lendemain.

SEPT

Au lever du soleil, Dunstan regrettait amèrement de ne pas s'être arrêté pour boire un verre et manger un morceau à la New Inn, ou mieux encore, y passer la nuit. Ses pieds lui faisaient mal d'avoir tant marché, et il mourait d'envie de prendre son petit-déjeuner, mais quand il arriva au Thieving Kelpie, la taverne située à un peu plus d'un kilomètre et demi de la chaumière que ses frères appelaient leur foyer, était complètement fermée, pas encore ouverte.

Ses frères auraient sûrement un petit-déjeuner pour lui, se consolait-il, tandis qu'il continuait péniblement sa route. Et si l'aubergiste et son personnel ne le remercieraient pas de les réveiller si tôt, ses frères seraient certainement heureux de le voir.

De la fumée s'élevait déjà des cheminées des chaumières des métayers, bien que ses frères n'aient pas encore allumé leur feu du matin. Peut-être étaient-ils encore au lit. Ou peut-être que, par ce temps chaud d'été, ils prenaient leur petit-déjeuner froid.

Dunstan frappa énergiquement à la porte, puis attendit. Après un long moment sans réponse, il frappa à nouveau.

La porte de la chaumière voisine s'ouvrit brusquement, et John McLeod passa la tête dehors. — Qui est là ? demanda-t-il.

— Dunstan Stone, en permission, venu rendre visite à mes frères, répondit Dunstan. Avait-il tant changé que McLeod ne le reconnaissait pas ? McLeod lui-même était plus mince et plus ridé que dans les souvenirs de Dunstan, avec plus de gris que de brun dans ses cheveux.

— Le jeune Dunstan, c'est bien ça ? Ça fait une éternité que je ne t'ai pas vu, mon garçon. McLeod l'examina attentivement. — La mer te va bien, mieux que la menuiserie ne t'a jamais convenu.

Dunstan ouvrit la bouche pour dire à l'homme qu'il était charpentier de marine, travaillant le bois en mer tout autant qu'il l'avait jamais fait à terre, puis se ravisa et referma la bouche. McLeod, comme beaucoup de leurs voisins, était né métayer et mourrait métayer, avec l'agriculture si profondément ancrée dans son sang qu'il était étonnant qu'il ne saigne pas noir comme le riche sol qu'il labourait. McLeod préférerait mourir plutôt que de quitter sa terre natale pour les contrées sauvages de l'Australie. Ou d'apprendre un métier comme la menuiserie.

— Si tu es venu voir tes frères, tu arrives trop tard. Ils sont partis il y a plusieurs semaines déjà.

— Partis ? Partis où ? Ils n'avaient pas pu partir pour la colonie de Swan River sans lui. Du moins, pas sans lui laisser un mot. Peut-être lui avaient-ils envoyé une lettre qui l'attendait en ce moment même sur le Scindian.

— Ils construisent le château d'un lord anglais, près de la côte, d'après ce qu'il a dit. Ton frère Torstan est maintenant maître maçon, un vrai bâtisseur, avec le jeune Ben comme apprenti, dit McLeod fièrement, comme s'il était leur père. Apparemment, Lord Burke les a demandés spécialement.

Le cœur de Dunstan se serra. Si ses frères construisaient un château, il faudrait peut-être des années avant qu'il ne soit terminé - ils ne pourraient jamais embarquer sur le Scindian. — Dans ce cas, je ferais mieux de me rendre au château de Burke.

Merci pour l'information, McLeod, dit-il, forçant un sourire.

Bien qu'il eût envie de se reposer, mais sachant qu'il ne pouvait pas prendre le temps, Dunstan repartit vers le village, en direction de la route côtière.

De la fumée s'élevait maintenant des cheminées du Thieving Kelpie, et une silhouette familière se tenait dehors, secouant un tapis avec tant de force que Dunstan soupçonnait qu'il méritait une bonne raclée.

— Cara Raeburn ! Exactement la fille que je mourais d'envie de voir ! s'exclama-t-il.

Elle se retourna, et son souffle se coupa dans sa gorge alors qu'il anticipait de voir son beau visage et sa silhouette pour la première fois depuis bien trop longtemps.

— Tiens, si ce n'est pas Dun Stone. Tu es venu chercher tes frères ? Tu ne les trouveras pas ici. Les récoltes ont été trop mauvaises ces trois dernières années, ils sont partis chercher du travail le long de la côte. Ils construisent pour les Anglais, d'après ce que j'ai entendu, dit-elle en serrant le tapis contre elle.

Dunstan la contempla avidement, comme un homme naufragé qui aurait trouvé sa première source d'eau douce sur une terre étrangère. Pas un jour en mer ne s'était écoulé sans qu'il ne l'imagine comme sa femme, partant ensemble pour la Colonie, pour commencer leur nouvelle vie. — Viens avec moi à la colonie de Swan River, Cara, comme ma femme, souffla-t-il.

Elle émit un son moqueur du fond de sa gorge. — Quoi, et laisser Oscar et le Kelpie ? Tu es fou, Dun Stone, si tu penses que je vais partir pour les Colonies comme une bagnarde, alors que j'ai une vie confortable ici !

— Oscar... Oscar Baldwin ? C'était le meilleur ami de Dunstan quand ils étaient enfants, lorsqu'ils étaient à l'école ensemble, avant que Dunstan ne soit apprenti dans un chantier naval et qu'Oscar ne reprenne la ferme de son père. Dunstan ne l'avait pas vu depuis des années. — Il est ici ?

— Bien sûr, espèce d'idiot. Il dort profondément, vu qu'il a tenu le bar tard hier soir, alors baisse d'un ton - pas question de le réveiller maintenant. Il est d'une humeur de chien quand il n'a pas assez dormi, c'est sûr.

Une des servantes se précipita dehors et fit une révérence devant Cara. — S'il vous plaît, Madame Baldwin, un des clients est tombé malade. Il veut que j'appelle le médecin. Dois-je aller le chercher, madame ?

Pendant que Cara se renseignait sur la quantité d'alcool que l'homme avait bu la veille, et sur l'argent qu'il portait, Dunstan n'entendit rien de tout cela. Deux mots s'étaient plantés dans son esprit et ne le lâchaient plus. Madame Baldwin.

— Attends. Tu as épousé Oscar ? demanda-t-il.

Il pria pour avoir mal entendu. Pour que ce ne soit pas vrai. Il avait toujours été amoureux de Cara, voulait qu'elle soit sa femme, et elle avait même accepté, cette nuit-là dans le grenier à foin, quand elle lui avait donné son corps, juste avant qu'il ne rejoigne le Scindian.

— Bien sûr que je l'ai fait. Un bébé doit avoir un père, et tu étais introuvable, répliqua-t-elle sèchement. Ses yeux lançaient des éclairs. — Oscar est un bon père pour son fils, et il sera un bon père pour celui-ci aussi. Elle tapota son ventre à travers ses jupes. Ce n'est qu'à ce moment-là que Dunstan réalisa que le tapis avait caché sa grossesse avancée.

Elle était tombée enceinte cette nuit-là dans le grenier à foin ? Il avait un fils. — Cara...

— C'est Madame Baldwin pour toi. Je suis une femme mariée respectable et une mère, lança-t-elle.

— Mais je pensais...

— Non, Dun Stone, tu n'as pas réfléchi. Et ce que tu as pensé, tu l'as mal pensé. Va-t'en — nous ne voulons pas de toi ici, dit-elle en le chassant d'un geste. Va-t'en, Dun, avant que je n'appelle les palefreniers pour te chasser. Va aux Colonies, avec tous les condamnés, et bon débarras.

Dunstan crut entendre le craquement de son cœur se brisant en un million de morceaux tandis qu'il tournait le dos à Cara et se forçait à se diriger, une fois de plus, vers la mer.

HUIT

Pendant que Torstan allait chercher leur dîner à l'auberge du village, Ben s'assit sur le banc devant leur chaumière et essaya de dessiner la femme de pierre endormie. Ses bras et ses mains, ainsi que la courbe de son torse alors qu'elle se recroquevillait sur le côté pour dormir, il pouvait les dessiner les yeux fermés, car ils étaient clairement visibles, déjà sculptés dans la pierre. Mais son visage, ses jambes, et même les vêtements qu'elle portait, s'il y en avait, restaient un mystère pour lui.

Il ne savait peut-être pas ce qu'elle portait, mais il était certain qu'elle ne portait pas cette jupe en forme de cloche que la femme en vert avait portée aujourd'hui. Il esquissa les lignes de celle-ci, le gonflement de sa poitrine et la courbe de son cou alors qu'elle avait dessiné le château avec une concentration féroce. Et ce sourire espiègle qu'elle arborait, comme un chat volant la crème de la laiterie, triomphant de sa propre audace. Si son visage avait fait une telle impression, à quoi ressemblait son dessin ? Il brûlait de le savoir, mais n'avait pas osé demander.

Peut-être que si elle revenait demain...

Oui, se dit-il, il rassemblerait tout son courage et demanderait à voir son carnet de croquis. Après tout, c'était une dame de qualité, avec de meilleurs outils pour son art qu'il n'en avait jamais possédés, et probablement les avantages d'une éducation appropriée pour améliorer son dessin par rapport au genre d'esquisses grossières qu'il faisait encore. Son travail devait être exquis, le meilleur qu'il ait jamais vu.

Si elle revenait.

En fait, elle revint, et il passa toute la journée dans une agonie d'incertitude, débattant de ce qu'il fallait faire. Il savait que parce qu'elle était de la haute société, les bonnes manières dictaient que c'était à elle de se présenter, ou au moins d'être la première à le reconnaître, et non l'inverse. Mais la partie traîtresse de son esprit continuait à lui suggérer d'autres possibilités. Elle était timide. Elle ne savait pas que c'était à elle de parler en premier. Elle avait fait un terrible serment de ne jamais parler à un homme. Ou simplement, elle n'avait aucun désir de lui parler parce qu'il était tellement en dessous de sa considération.

Il savait que cette dernière possibilité était la plus probable, mais jour après jour, il sentait son regard sur lui alors qu'il libérait lentement la dame endormie de sa prison de pierre. Finalement, il fit un marché avec lui-même. Si la Dame Artiste (car elle ne portait pas du vert tous les jours, donc elle n'était plus la dame en vert dans son esprit) ne lui parlait pas avant que la statue ne soit terminée, alors il ferait le premier pas et se présenterait.

Ainsi, le jour où il finit de lisser le dos de la statue, il posa ses outils, déglutit et leva la tête.

Elle avait déjà les yeux fixés sur lui, ou peut-être sur la statue, et Ben se décida.

— La statue plaît-elle à madame ? demanda Ben, soulagé d'entendre qu'il avait réussi à garder le tremblement d'appréhension confiné dans son ventre et hors de sa voix.

Elle laissa tomber son crayon de surprise.

— Je... Je ne saurais dire.

Peut-être était-elle timide après tout. Ben devint plus audacieux.

— Alors descendez et regardez-la de plus près vous-même. L'approbation d'une artiste aussi accomplie serait un grand compliment, j'en suis sûr.

Non qu'il ait vu son art, mais il était certain que ça devait être meilleur que tout ce qu'il pouvait créer.

Elle se leva docilement, époussetant ses jupes en s'approchant d'un pas lent et mesuré. Elle s'arrêta à un mètre de la statue, l'examinant, avant d'en faire le tour, comme un jeune prédateur nerveux traquant sa première proie. Comme si elle avait en quelque sorte entendu ses pensées la comparant à une bête, ses joues rougirent.

— Elle... eh bien, elle ne porte pas grand-chose, n'est-ce pas ?

C'était maintenant au tour de Ben de rougir. Il avait eu l'intention de mettre une chemise de nuit à la femme, ou une sorte de robe, mais la pierre s'était formée sous son ciseau, formant les lignes lisses de la peau d'une femme, enveloppée seulement dans un drap. Même ses cheveux pendaient librement, des boucles détachées cascadant dans son dos et sur une épaule, cachant la majeure partie de sa poitrine.

— Dans l'intimité de sa chambre, peut-être s'est-elle endormie en attendant son mari, suggéra Ben.

Le visage de la dame rougit encore plus.

— Est-ce que les femmes... les épouses... font vraiment ça ?

Ben rit.

— Faire quoi ? Dormir ?

— Non. S'allonger nues dans le lit pour leurs maris.

La bouche de Ben devint soudainement sèche.

— Je... je ne saurais dire. Je ne suis pas marié, et mon frère non plus. Bien que j'aimerais l'être un jour. Ne vous êtes-vous jamais endormie en attendant votre mari ?

— Je... Je... Je me suis endormie de nombreuses fois, et oui, peut-être que j'attends, mais... Je n'ai pas de mari, ni aucune perspective, et je peux à peine imaginer m'allonger dans un lit, nue... avant d'être... pourquoi, l'idée même est absurde !

C'était vraiment une dame de qualité, qui n'avait jamais été trop pauvre pour se permettre des vêtements de nuit. Mais lui dire que beaucoup de gens dormaient nus par nécessité ne ferait qu'ajouter à son horreur. Il n'avait aucun désir de la faire fuir.

— Tout comme réveiller une femme endormie ou un démon ailé de pierre, et pourtant c'est mon travail quotidien, dit Ben. Ben Stone, apprenti tailleur de pierre et sculpteur occasionnel.

Il inclina la tête.

— N'êtes-vous pas un peu vieux pour être un apprenti ? demanda-t-elle.

Torstan avait dit la même chose, à maintes reprises. — En vérité, oui, mais mon frère me dit que si je passais plus de temps à construire des murs et non à sculpter des statues, je serais maître maçon en moins d'un an. Je peux travailler la pierre assez bien, mais chaque fois que j'essaie de construire un mur, je me laisse distraire par l'un des blocs et... Il fit un geste vers la statue endormie. Elle n'avait aucune envie d'être piégée dans un mur. Elle voulait être libre.

La demoiselle fronça les sourcils. — Elle ne me semble pas libre. Regardez, la façon dont sa main s'étend, comme si elle s'était endormie, épuisée, après avoir supplié d'être libérée.

Ben fixa la statue, essayant de la voir comme la demoiselle la voyait. Peu importe combien de temps il regardait, il n'y arrivait pas. — Ce bras repose de manière protectrice sur ses livres, mademoiselle. Voyez comme ses doigts s'enroulent autour de la tranche de celui-ci ? Elle ne veut pas lâcher prise, même dans son sommeil.

— Je suis certaine de ne connaître aucune femme qui choisirait des livres plutôt que des vêtements, M. Stone. C'est assurément une création fantaisiste de votre part. Une créature mythique.

— Elle n'est pas moins réelle ou fantaisiste que le démon qui veille sur elle, mademoiselle, dit Ben en désignant la gargouille.

La demoiselle secoua la tête. — Je ne suis pa s... pas une dame. Je suis juste... Pamela. Pamela Burke. Et à moins que j'aie la chance d'épouser un homme titré, c'est tout ce que je serai jamais.

Ben s'inclina, espérant bien faire les choses. — Je suis honoré de faire votre connaissance, Mademoiselle Burke. Euh... êtes-vous parente de Sir William Burke, notre employeur actuel ?

Elle baissa la tête. — C'est mon père. Bien que je ne puisse pas l'imaginer vous payer pour sculpter une femme nue pour lui.

Ben sentit à nouveau la chaleur monter à ses joues. — Il ne l'a pas fait, mademoi... euh, Mademoiselle Burke. Il a commandé deux gargouilles, pour aller avec la ruine pittoresque. Il voulait les placer sur la tour que mon frère construit en ce moment. La dame était... la pierre était brisée, et j'ai vu... j'ai vu une dame piégée dans la pierre, et je n'ai pas eu d'autre choix que de la libérer. Cela sonnait comme de la folie.

Pourtant, Mademoiselle Burke se contenta de sourire. — Quand j'ai essayé de dessiner le château pour la première fois, je ne le voyais pas tel qu'il était, mais tel qu'il pourrait être. Mes premiers croquis sont tous d'un château complet, s'élevant haut dans le ciel, où toute une maisonnée de seigneurs et de dames, de chevaliers et d'écuyers, aurait pu défendre la côte contre les envahisseurs du nord il y a des siècles. Je ne voyais pas le pittoresque comme je suis censée le faire.

— Puis-je voir ? demanda Ben avec empressement, tendant la main vers son carnet de croquis.

Mademoiselle Burke serra le livre contre sa poitrine, aussi protectrice que sa sœur de pierre endormie. — Je n'ai jamais... pas depuis que Père a renvoyé ma gouvernante... personne n'a vu mes dessins.

Tout comme personne ne l'avait jamais vue dormir nue, devina Ben. Il soupira. Il était allé trop loin, comme toujours lorsqu'il parlait d'art. Mademoiselle Burke se plaindrait à son père, qui jetterait un coup d'œil à la femme nue et les chasserait probablement, lui et son frère, de sa propriété, sans leur verser un sou pour tout le travail qu'ils avaient déjà accompli. Ils n'atteindraient jamais la colonie de Swan River, et ce serait entièrement sa faute.

Il déglutit. Il devait arranger les choses. Il s'inclina profondément, si bas qu'il craignait de tomber s'il ne faisait pas vite. — Mes excuses, Mademoiselle Burke. Je ne voulais pas vous offenser. Je ne suis qu'un simple fils de fermier, qui a un peu de talent pour travailler la pierre. Je connais peu de choses à l'art ou aux belles choses.

Il tourna les talons pour retourner à son travail.

— Monsieur Stone... Ben... s'il vous plaît, attendez.

NEUF

— Puis-je voir ?

Pamela désirait ardemment lui tendre son carnet de croquis, dans l'espoir fervent que M. Stone puisse voir quelque chose dans son travail qui lui donnerait l'espoir de continuer. Elle savait qu'elle n'aurait jamais le talent nécessaire pour créer une ressemblance parfaite qui semblerait sur le point de sortir de la page et de parler, comme il l'avait fait avec sa statue de femme endormie, mais si elle pouvait peindre ou esquisser quelque chose d'assez bon pour figurer dans une galerie, alors elle pourrait peut-être trouver un riche mécène qui l'aiderait, l'emmènerait loin du château Burke et l'introduirait dans la société.

Mais si M. Stone voyait ses dessins et ne les aimait pas, il pourrait anéantir ses espoirs d'un seul regard. Pire encore, s'il voyait les châteaux fantaisistes qu'elle avait dessinés le premier jour, il pourrait la croire folle, comme sa gouvernante lorsqu'elle avait vu les dessins de Pamela représentant Miss Smith en sorcière. Elle n'avait jamais vu Miss Smith jeter un sort, manger un crapaud, porter un chapeau pointu ou voler dans les airs sur un balai, mais il ne fallait pas beaucoup d'imagination à Pamela pour le croire de sa stricte gouvernante, car la femme était positivement diabolique. Une opinion que Miss Smith n'avait fait que renforcer lorsqu'elle avait jeté le carnet de croquis de Pamela dans le feu de la nurserie, l'avait fessée vigoureusement, puis l'avait menacée de recommencer si elle osait encore dessiner.

La fortune de son père avait décliné peu après, et Miss Smith avait été renvoyée de son poste parce que l'éducation était quelque chose que son père ne pouvait plus se permettre, mais plusieurs années s'étaient écoulées avant que Pamela n'ose reprendre un crayon.

Et pourtant, voilà que M. Stone, un maître artiste s'il en est, demandait à voir ses croquis. Non, il se détournait d'elle, tandis qu'elle restait là à rêvasser. Non, elle ne pouvait pas laisser passer cette opportunité. Si M. Stone lui disait que ses dessins étaient terribles, elle ne dessinerait plus jamais.

Pamela humecta ses lèvres. — M. Stone !

Il ne se retourna pas.

Elle prit une profonde inspiration. Oserait-elle ?
— Ben ? S'il vous plaît, attendez.

M. Stone se retourna, et elle fut surprise de ne trouver aucune réprobation dans ses yeux face à son audace d'utiliser son prénom. — Je suis à votre service, Miss Burke.

Elle tendit le livre. — S'il vous plaît. Si vous vouliez bien... jeter un coup d'œil. Peut-être pourriez-vous me dire comment je pourrais m'améliorer. Tant qu'il n'exigeait pas qu'elle dénude ses fesses pour une fessée, tout ce qu'il dirait ne pouvait pas faire aussi mal que les critiques de Miss Smith.

Elle garda les yeux fixés sur la statue tandis qu'elle sentait M. Stone prendre le livre de ses mains. La statue décidément nue. Un drap couvrait une grande partie de son devant, mais ses fesses étaient clairement visibles, exposées au ciel. M. Stone avait dû voir de nombreuses femmes nues pour en sculpter une si fidèle à la réalité. Et quelle femme refuserait un homme capable d'immortaliser ce qu'il voyait dans la pierre ? Avoir des gens qui admirent son image pendant des siècles, tombant amoureux d'une statue qu'ils ne pouvaient qu'admirer de loin, longtemps après qu'elle ait quitté cette vie. Que le ciel lui vienne en aide, mais si M. Stone le demandait, elle ne refuserait pas une telle offre. C'était une chance d'immortalité.

Sans parler du fait qu'elle avait vu la façon dont M. Stone regardait la femme de pierre pendant qu'il la sculptait. Chaque coup comme celui d'un amant, son regard affamé tandis que ses mains parcouraient son corps. Comment avait-il appelé cela ? La libérer de sa prison, avait-il dit. Pamela ne souhaitait que de le voir prendre ces mains fortes et la libérer ensuite.

— Miss Burke ?

Pamela pressa ses mains contre ses joues brûlantes, espérant les rafraîchir, mais elles ne semblaient que s'échauffer davantage. — Oui, M. Stone ?

— Votre château ressemble à quelque chose qui appartient à un roman gothique. Je vous prie de m'excuser si cela vous offense, mais il a l'air si sombre et menaçant. Le dessin coloré, ici, est beaucoup plus chaleureux, avec beaucoup plus de détails, et si vous ne l'aviez pas dit, je n'aurais pas cru que vous esquissiez la même structure. Celui-ci ne serait pas déplacé sur le mur de votre salon.

Pamela commença à balbutier ses remerciements, mais M. Stone l'interrompit d'un geste de la main.

— C'est cependant dans ceux-ci que votre talent brille vraiment. Je n'ai jamais vu de représentations aussi réalistes de la forme humaine. Avez-vous étudié sous la direction d'un maître italien, par hasard ?

Pamela éclata de rire. — Ciel, non ! Je n'ai jamais rencontré d'Italien, encore moins étudié avec l'un d'eux. Mon père avait quelques livres avec des images de peintures italiennes, cependant. Je donnerais n'importe quoi pour visiter l'Italie et voir la chose réelle. Êtes-vous allé en Italie, M. Stone ?

Il secoua la tête. — Un jour, peut-être, mais pas encore. Vous devriez demander à votre père de vous y emmener.

Ce fut au tour de Pamela de secouer la tête. — Mon père n'accepterait jamais de m'emmener en Italie. Je ne suis jamais allée à plus de dix miles de chez moi, et comme je suis l'héritière de mon père, je n'irai probablement jamais plus loin que ça. Mon père dit qu'une fille n'a pas besoin d'être éduquée au-delà de ce qu'il faut pour être une bonne épouse docile. Je ne verrai jamais l'Italie, sauf en rêve.

Il lui rendit son livre. — Alors, si vous me pardonnez mon impertinence, Miss Burke, votre père est un imbécile. Un talent comme le vôtre devrait être nourri, et non laissé mourir. Si vous souhaitez vraiment aller en Italie et étudier avec les maîtres là-bas, comme vous le devriez, vous trouverez un moyen.

C'était un homme. Il ne pouvait pas comprendre. — Alors, ne le souhaitez-vous pas vraiment, M. Stone ? Car si vous n'êtes pas allé en Italie, c'est que vous n'avez pas trouvé de moyen. Et si vous ne le pouvez pas, je ne vois pas comment vous pensez que j'ai le moindre espoir d'y parvenir.

Il écarta largement les bras. — Miss Burke, mon père était fermier. Je ne suis qu'un apprenti maçon. Pourtant, c'est ma voie, ou du moins je l'espère. Mes frères et moi travaillons dur pour gagner l'argent nécessaire à notre passage vers les Colonies, plus précisément la Colonie de la Rivière des Cygnes, où nous comptons faire fortune. Ensuite, j'espère avoir rapidement les fonds pour voyager en Italie.

À la façon dont ses yeux rêveurs brillaient, elle savait qu'il avait l'intention de faire exactement cela. Quoi qu'il en coûte, quelle que soit la difficulté du travail, Ben Stone verrait l'Italie. Pamela soupira. — Je donnerais tout ce que je possède pour partir avec vous.

M. Stone sourit. — Si c'est vraiment ce que vous souhaitez, alors je ne doute pas que vous le ferez.

Mais... une jeune fille non accompagnée ne pouvait pas voyager avec un célibataire comme M. Stone. Ce n'était tout simplement pas convenable. — Mon père ne le permettrait jamais, dit-elle tristement.

Il se pencha vers elle. — Votre père ne vivra pas éternellement, Miss Burke. Et vous ne vivrez pas du tout si vous ne croyez pas qu'au moins certains de vos rêves peuvent se réaliser.

— Ben, rentre à la maison, c'est l'heure du dîner.

Le plus âgé des frères Stone, celui qui construisait les ruines du château, se tenait au-dessus d'eux, les regardant d'un air contrarié.

— Tu ne devrais pas importuner Miss Burke.

Pamela ouvrit la bouche pour dire que Ben ne l'importunait pas du tout. Bien au contraire, en fait. Elle regrettait de ne pas lui avoir parlé plus tôt.

Mais Ben s'inclina et se hâta d'obéir à l'appel de son frère avant qu'elle ne puisse prononcer un mot.

Pamela soupira. Elle ferait mieux de rentrer dîner, elle aussi. Son esprit bouillonnait de possibilités. Ou plutôt d'impossibilités, qui pourraient devenir possibles, si seulement elle trouvait un moyen.

Elle reviendrait demain, tout comme Ben, elle en était certaine.

DIX

Tu l'as bien attaché solidement ? demanda Torstan pour ce qui semblait être la
centième fois à Ben.

— OUI ! cria Ben en réponse.

— Tu es sûr ?

— OUI !

— Alors commence à le soulever... doucement
...

Torstan avait réussi à manœuvrer le treuil tout
seul jusqu'à présent, mais maintenant les murs
de la tour étaient trop hauts pour les atteindre
sans échelle, et le seul moyen de les construire encore plus haut était d'avoir un homme en haut
de l'échelle et un autre s'occupant du treuil. Ben
avait donc posé ses outils, laissant la deuxième gargouille à peine ébauchée dans son bloc de pierre,
et était monté aider Torstan.

— Attention !

Ben se jeta sur le côté à peine un instant avant que le bloc qu'il hissait ne s'écrase au sol là où ses pieds se trouvaient.

— Ben, espèce d'idiot ! Tu n'as pas attaché les nœuds assez solidement et ça a glissé. C'est la deuxième fois ! Redescends de ton nuage et reviens sur terre, ou on n'aura jamais fini le travail !

Ben voulait protester que ses pensées étaient tournées vers Mademoiselle Pamela, qui les observait avidement tout en croquant leur progression. Hier, elle avait apporté un de ses précieux livres d'art italien, rempli de peintures religieuses du paradis, de l'enfer et de tout ce qu'il y a entre, reproduites en magnifiques planches en couleur. Mais il n'osait pas mentionner son nom. Torstan lui avait dit de se tenir à l'écart d'elle et de ne pas lui parler du tout, mais quand elle venait à lui, si désireuse de converser, Ben n'avait pas le cœur de la refuser. Il n'avait jamais pu discuter d'art avec quiconque, et elle avait un œil si aiguisé ! Elle avait repéré les plus infimes détails dans ces peintures italiennes qu'il n'avait même pas remarqués avant qu'elle ne les lui montre. Il brûlait d'envie de descendre la colline pour la rejoindre, au lieu de soulever des pierres avec des cordes jusqu'à ce que ses bras lui fassent mal.

Les nœuds et les cordes lui rappelèrent Dunstan.

— Si Dunstan était là, tu n'aurais aucun souci à te faire pour les nœuds ou les cordes. J'aimerais qu'il rentre à la maison, laissa échapper Ben.

— Oui, moi aussi, mais il navigue sur les mers, gagnant son propre passage vers la Colonie, pendant que nous peinons ici. Une fois ce travail terminé, nous aurons assez d'argent pour payer notre traversée. Ensuite, les prochains murs que nous construirons seront ceux de la ferme de notre nouveau foyer. Torstan ferma les yeux un instant, comme s'il imaginait à quoi cette maison pourrait ressembler. Puis il fixa à nouveau son regard sur Ben. Et si tu laisses tomber ne serait-ce qu'une pierre de notre maison, je te jure que tu me le paieras.

Ben hocha la tête. — Bien sûr que non. Ce sera notre maison. Chaque pierre taillée à la main dans le calcaire de Swan River. Je te sculpterai même une gargouille ou trois pour protéger l'endroit quand nous ne serons pas là.

Torstan secoua la tête. — Ne sois pas bête. Les gargouilles sont pour les châteaux et les cathédrales et autres endroits grandioses, pas pour notre chaumière. Et il te manque encore une gargouille sur ce château, alors tu ferais mieux de redescendre cette colline et de te remettre au travail dessus, sinon nous ne finirons pas à temps et Sir William sera mécontent.

Pire encore, il pourrait réduire leur paie, ce qu'aucun d'eux ne pouvait se permettre. — Oui, Maître Torstan. Ben tenta un salut militaire, mais finit par se frapper le front avec sa main en espérant que ça ne laisserait pas de bleu.

— Et reste loin de Mademoiselle Burke. Si Sir William apprenait que tu lui faisais la cour, il nous renverrait avant même que tu n'aies le temps de cligner des yeux.

— Je ne lui fais pas la cour ! répliqua Ben avec véhémence.

— Dis ça à Sir William, s'il te voit, mais je doute que ça te sauve. Mademoiselle Burke est aussi inaccessible pour toi que la lune et les étoiles, et tout aussi intouchable. Un mot ou un sourire échangé avec elle pourrait nous coûter notre passage vers la Colonie. Aucune femme, peu importe sa beauté ou l'animation de sa conversation, ne vaut la peine de perdre ton avenir.

Il y avait une obscurité dans les yeux de son frère qui fit frissonner Ben.

— Il y aura plein de femmes dans la Colonie qui attendront un fermier prospère, tu verras, Ben. Tu auras l'embarras du choix. Tout ce dont nous avons besoin, c'est d'y arriver. Torstan fit des gestes pour le chasser. Maintenant, retourne à ta gargouille.

Alors que Ben descendait péniblement la colline pour retourner à son travail, il ne pouvait s'empêcher de penser que peu importe le nombre de femmes qu'il y aurait dans la Colonie, disposées et prêtes pour lui, aucune d'entre elles ne pourrait égaler le genre de conversation qu'il pouvait avoir avec Mademoiselle Pamela Burke.

Il savait qu'elle était bien trop distinguée pour quelqu'un comme lui — elle épouserait probablement un riche seigneur qui l'emmènerait en Italie pour leur lune de miel, et paierait un maître italien pour capturer sa beauté sur une toile avec des peintures à l'huile trop coûteuses pour que Ben puisse se les offrir — mais cela ne l'empêchait pas de rêver à l'impossible. Que par quelque miracle, la Reine lui accorde des terres et un titre pour l'accompagner, afin qu'il puisse être un mari convenable pour quelqu'un d'aussi parfait que Mademoiselle Pamela Burke.

Ben rit doucement pour lui-même. Il avait autant de chances de toucher les étoiles que la peau douce et blanche de Pamela. Il maudit le destin qui les avait placés si près, et pourtant si loin l'un de l'autre.

ONZE

Comment avance la construction ?

Torstan faillit tomber de son échelle en entendant les paroles de Sir William, car cette voix ne pouvait appartenir à personne d'autre.

— Bbbbien, monsieur, dit Torstan. Nous sommes dans les temps pour finir dans une quinzaine de jours, je pense. Il ne me reste que la tour à terminer, et mon frère travaille actuellement sur la dernière gargouille.

Ben était effectivement en train de marteler un bloc de pierre et, pour une fois, Miss Burke n'était nulle part en vue. Dieu soit loué et tous ses anges avec lui. Les femmes n'apportaient que des ennuis, transformant des hommes normalement sains d'esprit en lunatiques balbutiants, prêts à oublier tous leurs espoirs et leurs rêves pour une chance de se glisser entre les cuisses d'une femme. Et ce n'était que le début, car une fois que vous l'aviez mise dans votre lit, il y avait toujours le risque qu'elle tombe enceinte, et vous auriez toute la famille de la fille à vos trousses si vous n'épousiez pas la donzelle. Une fille avait essayé de le piéger dans un tel mariage, mais il avait réussi à la tenir à distance assez longtemps pour réaliser qu'elle ne portait pas d'enfant, et encore moins un qui lui appartiendrait, et il s'en était tiré de justesse. Il ne serait plus jamais un tel imbécile crédule. Il ne coucherait plus avec une autre fille jusqu'à ce qu'il soit certain qu'elle ferait une merveilleuse épouse, et même alors, il ne la mettrait pas dans son lit avant qu'elle ne soit sa femme. Et il n'envisagerait même pas de chercher une épouse avant d'avoir construit une ferme où ils pourraient vivre, sur leur propre terre dans la colonie de Swan River.

Sir William semblait le regarder avec expectative. Malédiction, avait-il posé une question pendant que Torstan rêvassait ?

— Pardonnez-moi, monsieur, mais pourriez-vous répéter s'il vous plaît ?

— Si vous avez terminé d'ici samedi en quinze, je vous offrirai, à vous et votre frère, une petite prime. Je reçois des invités, voyez-vous, et je veux que mon domaine ait l'air aussi prospère que possible. Si tout se passe bien, j'espère que ma fille sera fiancée avant le départ de mes invités, s'il ne choisit pas de l'épouser immédiatement, bien sûr. Donc j'ai besoin que cette folie soit terminée le plus rapidement possible.

Le mariage de Miss Burke était la meilleure nouvelle possible. Son mari veillerait à ce qu'elle n'ait pas le temps de causer des ennuis à Ben, et il y aurait plus d'argent pour eux deux. — Sir William, je vous promets que nous aurons fini votre folie avant le coucher du soleil samedi en quinze. Avec deux gargouilles sur la tour, comme convenu.

Sir William grogna quelque chose qui ressemblait à « bien » avant de se diriger vers le manoir qu'il appelait le château Burke.

DOUZE

Pamela n'était pas revenue ce jour-là, ni le lendemain, et tandis que la pluie s'installait, assombrissant davantage l'humeur de Ben, il désespérait de la revoir avant la fin de leurs travaux. La seule chose qui lui remontait le moral était le travail de la pierre, car la gargouille lui était enfin venue à l'esprit, et il s'affairait à la ciseler. Contrairement à la première, qui était prête à frapper depuis les hauteurs, les ailes déployées, celle-ci était assise sur son petit socle, les ailes repliées derrière elle, observant le monde en contrebas. Ben avait tout terminé sauf son visage, car il ne savait pas quelle expression lui donner. Était-elle mélancolique, observant un monde dont elle ne pouvait faire partie, ou arborait-elle un regard menaçant face à tout ce qui n'allait pas dans le monde ?

— Avec cette expression sur ton visage, je commence à me demander si tu n'as pas échangé ton âme avec un démon. Lui dans ton corps, et ton âme dans la pierre.

— Mademoiselle Pamela ! s'exclama Ben en se retournant brusquement, les bras grands ouverts comme s'il allait l'étreindre. Ciel, que lui arrivait-il ?

Heureusement, elle ne semblait pas alarmée, se contentant de reculer d'un pas en secouant la tête et en lui tendant son carnet de croquis. Elle avait dessiné une page entière de visages, tous les siens, arborant une gamme d'expressions féroces et colériques. Dans l'un d'eux, elle l'avait même saisi montrant les dents comme une bête enragée.

Il tapota celui aux dents découvertes. — Peux-tu le tenir ? Je pense avoir trouvé le visage parfait pour cette gargouille.

Pamela rit de plus belle. — Non, tu ne peux pas ! Alors je ne saurai vraiment plus faire la différence entre l'homme et le démon !

— Bien sûr que si. Je ne te regarderais jamais comme ça.

— En effet, tu ne devrais pas, car je dessinerai une douzaine d'images de ton visage avec tes sourcils froncés, ta lèvre retroussée en un rictus, cette chose que tu fais quand tu dilates tes narines comme un cheval...

— Je ne fais pas ça !

— Bien sûr que si ! Regarde, Ben, tu le fais ici !

Enfer et damnation, elle avait raison. Il ressemblait vraiment à un cheval mécontent.

Lentement, ses lèvres s'étirèrent en un sourire.

— Pardonne-moi, Mademoiselle Pamela, car bien sûr tu as raison, comme toujours. Mais je ne pourrais jamais être en colère contre toi.

— Tu pourrais l'être, si tu savais pourquoi je suis restée à l'écart ces derniers jours. Mon père reçoit des invités, et le château de Burke avait besoin d'être nettoyé de fond en comble, et il a dit que je devais superviser, étant la dame de la maison et tout ça, car ses invités penseraient du mal de moi si quoi que ce soit n'allait pas. Je ne vois pas pourquoi, car Mme Jewkes, la gouvernante, s'est occupée de tout, y compris d'embaucher quelques filles du village pour faire le gros du travail. Elle leur ordonnait de faire ceci et cela et de mettre ceci ici et cela là, puis me demandait si je pensais que les choses étaient bien placées, ou assez propres ou... oh, un million de questions interminables sur rien du tout, comme si je savais la meilleure façon de polir une table ! Pas que mes réponses aient eu de l'importance, car elle dirigeait les filles comme bon lui semblait. Maintenant que le travail est terminé, et qu'elle est occupée à préparer toutes sortes de tartes et de gâteaux pour l'arrivée des invités de Père, j'ai pu m'échapper. Elle semblait particulièrement satisfaite d'elle-même.

Non, il n'était guère en colère. L'émotion prédominante dans l'esprit de Ben était le soulagement de la revoir. — Tu t'es échappée pour m'aider à finir le visage de ce démon.

Ils rirent tous les deux, avant que Ben ne se remette au travail sur la gargouille, jetant de fréquents coups d'œil au carnet de croquis de Pamela.

— Quel était le nom de la colonie où tu prévois d'émigrer ? demanda Pamela.

— La colonie de Swan River, sur la côte ouest de l'Australie, répondit Ben. Mon oncle y est allé quand il n'était pas beaucoup plus âgé que moi maintenant, et il a envoyé à notre père une lettre remplie d'éloges sur l'endroit, l'exhortant à venir le rejoindre. Mon frère aîné, Dunstan, venait juste de naître à l'époque, ou peut-être était-ce Torstan. Quoi qu'il en soit, Père lui a envoyé une lettre en retour, lui disant que nous irions tous dans la colonie quand les garçons seraient assez grands, formés à des métiers qui seraient utiles dans une jeune colonie. C'est pour ça que Torstan est devenu tailleur de pierre, et Dunstan a appris l'agriculture avant de prendre la mer, et moi... eh bien, j'aide surtout mon frère, ce que je ferai probablement quand nous y serons, j'en suis sûr. Dunstan veut une ferme, plus grande que celle que nous exploitions ici avant que tous les propriétaires ne se tournent vers le crofting. Quelque chose à laisser à ses fils, s'il en a. Torstan veut construire la première ville de la colonie, des bâtiments qui traverseront les siècles. Ils sont tous obsédés par l'idée de laisser un héritage, mes frères.

— Que veux-tu faire dans les colonies ? demanda Pamela.

Ben haussa les épaules. — J'ai l'intention de faire fortune, d'une manière ou d'une autre. Que ce soit en aidant mes frères dans leur travail, ou en faisant des statues du gouverneur et des explorateurs célèbres.

— Tu pourrais trouver de l'or et devenir riche ! dit-elle.

Ben rit. — Non, la ruée vers l'or est en Amérique, j'en suis sûr. Tu confonds tes colonies.

Pamela secoua la tête. — Père fait venir les journaux de Londres. Il y a à peine une semaine, il y avait un article sur de l'or Dans la colonie de Nouvelle-Galles du Sud, et dans une nouvelle colonie nommée d'après notre Reine, Victoria. Un navire rempli d'or est arrivé en Angleterre, et les journaux sont pleins de rumeurs selon lesquelles il y aurait de l'or partout sur le continent australien. Ils n'ont rien dit à propos de Swan River, mais si ça fait partie du même continent, je suis sûre qu'il y a de l'or là-bas aussi.

— Peut-être, dit-il, n'osant pas espérer. D'abord, il devait finir cette gargouille avant de pouvoir y aller, et aider ses frères à établir leurs entreprises, avant même de pouvoir penser à courir après l'or.

— À quoi ressemble cette colonie de Swan River ? Est-elle pleine de bagnards, comme la Nouvelle-Galles du Sud et la Terre de Van Diemen ?

Ben rit. — Non, c'est une colonie libre, bien que beaucoup des premiers colons étaient des domestiques sous contrat, ou, comme mon oncle Stanley, ils se sont inscrits à un programme de colonisation de groupe. Un noble nommé Peel a avancé l'argent pour les navires et les fournitures, et amène les hommes pour défricher la terre et construire des maisons dessus, et les hommes ont le choix de la maison et de la terre une fois tout terminé. Là-bas, nous serons nos propres maîtres dans une terre sans seigneurs, où nous serons maîtres de tout ce que nous verrons, libres d'épouser qui nous voulons et d'élever une famille sans craindre que tout ne soit repris par un propriétaire lointain pour régler ses dettes de jeu à Londres.

Pamela avait fermé les yeux, une expression de désir sur le visage. — Oh, comme j'aimerais y aller. Ça a l'air d'être le bonheur absolu.

— Vous devriez. Demandez à votre père de vous y emmener.

— Mon père ne serait jamais d'accord.

— Eh bien, votre père a déjà un titre et des terres ici. Il n'a guère besoin de plus, surtout si loin de chez lui.

Pamela baissa la tête. — Peut-être.

— J'ai un livre que mon oncle m'a laissé. Il est ancien et peut-être un peu dépassé, mais il décrit la colonie de Swan River en détail, si vous voulez l'emprunter. Vous pourriez même le montrer à votre père. Il fit une pause, hésitant à aller le chercher maintenant. Non, mieux valait finir cette gargouille d'abord. — Je l'apporterai du cottage demain.

— Ou je pourrais venir avec vous le chercher quand vous aurez fini votre travail pour la journée. Je ne sais même pas où vous habitez.

— Kelp Cottage, en bas près de la mer. Votre père nous a permis d'y rester tant que nous travaillons sur la folie, mais nous avons dû d'abord réparer le toit. Il s'était complètement effondré.

Pamela hocha la tête. — Je sais où c'est. C'était l'une de mes promenades préférées les beaux jours, sauf quand il y a une tempête et que la plage est pleine de varech.

— Le varech est le meilleur engrais pour les champs ici. Sans varech, la plupart des fermes n'existeraient pas.

— Je... ne connais pas grand-chose à l'agriculture ou aux engrais, j'en ai peur.

Et pourquoi le saurait-elle ? Belle dame comme elle l'était, Pamela n'aurait jamais besoin de travailler un seul jour de sa vie. Une dame trop raffinée pour quelqu'un comme lui.

À moins qu'il ne trouve une fortune en or dans la Colonie...

TREIZE

orsque Pamela rentra chez elle, elle trouva son père dans sa bibliothèque, fixant les papiers sur son bureau avec l'expression la plus effrayante qu'elle ait jamais vue. Un mélange de peur, de colère et de quelque chose comme du désespoir, teinté de résignation. Elle n'avait aucune envie de dessiner cette expression — elle aurait préféré oublier qu'elle l'ait jamais vue.

— Père, qu'y a-t-il ?

Il leva les yeux, la lassitude affaissant ses épaules.

— Je crains de devoir me rendre à Londres pour affaires peu après l'arrivée de nos invités.

— Je pourrais venir avec vous, dit-elle, son offre n'étant qu'à moitié sincère, car elle savait ce qu'il allait répondre.

— Non, non. Mon logement ne convient qu'à un vieux célibataire comme moi. De plus, tu devras divertir nos invités. S'il... s'ils te trouvent à leur goût, comme j'en suis certain, tu auras un avenir meilleur que tout ce que je pourrais t'offrir. Et tu seras en sécurité. Tu dois rester ici.

— Oui, Père.

— Dieu sait que quelqu'un doit te protéger de mes créanciers, car je ne le peux pas.

Il avait dit cela d'une voix si basse que Pamela soupçonna qu'elle n'était pas censée l'entendre.

Elle savait qu'elle devrait faire semblant de ne pas avoir entendu, mais le désespoir dans les yeux de son père était si déchirant qu'elle ne pouvait rester silencieuse.

— Père, si c'est à cause des dettes de Grand-père, peut-être devrions-nous louer Burke Castle et partir dans l'une des Colonies. On dit qu'on peut y faire fortune, et il y a de l'or... peut-être même assez pour régler les dettes qui pèsent sur la propriété et nous permettre de vivre à nouveau confortablement.

Père la fixa longuement, comme s'il désirait ardemment faire ce qu'elle demandait. Puis il secoua la tête.

— Émigrer aux Colonies coûte de l'argent que je n'ai plus.

Il prit un sac qui tinta quand il le secoua.

— C'est tout ce qu'il me reste, après avoir engagé des domestiques et acheté des provisions pour recevoir nos invités selon leur rang. C'est le paiement pour les tailleurs de pierre qui construisent la folie surplombant la mer. Après cela, je n'aurai plus deux sous à faire sonner, et encore moins de quoi payer le passage de l'autre côté du monde ou les fournitures nécessaires pour établir un foyer confortable dans l'une des Colonies. Quant à l'or... je ne pourrais jamais creuser la terre comme un vulgaire mineur de charbon. Je suis un chevalier du royaume, pas un roturier. Et t oi... les contrées sauvages de Californie ne sont pas un endroit pour une jeune femme bien élevée. Peut-être que si tu étais mariée et que tu voyageais avec ton mari, ce serait différent, mais Colbrand a ses devoirs ici, chez nous. Non, nous tenterons notre chance ici, telle qu'elle est.

Le cœur de Pamela se serra.

— Peut-être pas la Californie. Il y a aussi de l'or en Australie, comme nous l'avons lu dans les journaux pas plus tard que cette semaine.

Père secoua la tête.

— Un pays rempli de bagnards ? Je ne connaîtrais pas un jour de paix, car tu ne serais pas en sécurité, et je ne suis qu'un homme — je ne pourrais pas te protéger contre tant d'hommes vils. Non, Pamela, nous devons faire face à la réalité et ne pas poursuivre des chimères. Concentre plutôt toute ton énergie à être l'hôtesse la plus charmante que nos invités aient jamais vue. Montre-leur peut-être quelques-uns de tes plus jolis croquis des paysages d'ici. Car si tu ne suffit pas à le tenter, peut-être que la terre qui constitue ta dot pourrait...

Il tendit la main vers la carafe sur le bureau et se versa un verre de l'alcool fort qui y nageait, puis le but d'un trait.

Si Père tenait de tels propos maintenant, ce n'était probablement pas son premier verre, ni même son deuxième ou son troisième. Le livre de Ben ne changerait pas son avis, mais peut-être pourrait-elle le lire ce soir, et cela lui donnerait quelques idées sur la façon de convaincre son père le lendemain.

QUATORZE

Torstan entra dans la chaumière, le visage rayonnant.

— Mets la table pour trois, Ben, car j'ai une surprise pour toi : le porteur des meilleures nouvelles que tu entendras de la semaine... non, de l'année !

L'esprit de Ben tourbillonnait de possibilités, mais il s'arrêta net à la vue de l'homme qui franchit la porte après Torstan.

— Dunstan... aussi vrai que je suis en vie, es-tu rentré à la maison ?

Dunstan l'enveloppa dans une étreinte, qui ne semblait plus aussi englobante que lorsqu'il était plus jeune. Ben était maintenant un homme fait, et non plus un garçon.

— Je ne suis ici que pour une brève visite, car nous reprenons bientôt la mer. Et, si Dieu le veut, quand je partirai, tu partiras aussi, car j'apporte de bonnes nouvelles !

Torstan servit le pain et le ragoût qu'il avait rapportés de l'auberge du village, pendant que Dunstan leur expliquait comment il avait arrangé pour qu'ils travaillent à bord du Scindian pour tout le voyage jusqu'à la colonie de Swan River. L'argent ainsi économisé pourrait être dépensé en fournitures qu'ils pourraient vendre ou utiliser une fois arrivés à destination, pour mieux faire leur chemin dans le nouveau monde qui les attendait.

— Nous devons d'abord terminer cette folie et récupérer notre paie, et ensuite nous pourrons partir. Y aura-t-il assez de temps ? demanda Torstan.

— Le Scindian sera au port pendant quelques semaines, et le capitaine Cammell sait que je viens, donc nous devrions être à temps. Mais Ben doit rendre visite à la Reine avant notre départ. Nous avons fait une promesse à Mère avant sa mort.

Ben éclata de rire, bien que ses frères eussent l'air mortellement sérieux.

— La reine Victoria ne recevrait jamais quelqu'un comme moi !

— Bah, pas la reine d'Angleterre. La reine sorcière, qui voit l'avenir. La Reine des Kelpies, dans sa chaumière sur l'île de Skye, dit Dunstan en reposant son bol vide. Je ferai tous les arrangements nécessaires pendant que vous terminez vos travaux de pierre. Nous parlerons à la Reine avant de quitter ces rivages pour toujours.

Il leva sa chope de bière, et Ben et Torstan l'imitèrent.

— À une nouvelle vie dans le nouveau monde !

Ben répéta le toast, bien qu'une pointe d'appréhension lui serrât le ventre. Il ne savait pas si c'était parce qu'ils allaient rendre visite à une sorcière, quitter leur foyer, ou parce que Pamela ne viendrait pas avec eux. Quoi qu'il en soit, il craignait que leur nouvelle vie ne fût pas aussi facile que Dunstan le pensait.

QUINZE

Oh, regardez, Père, on dirait presque qu'ils sont sur le point de fondre sur quelqu'un et de l'emporter ! s'exclama Pamela en pointant du doigt les gargouilles.

Ben réprima un sourire. Hier, alors qu'ils hissaient les gargouilles à leur place au sommet de la tour, elle avait dit qu'elles avaient l'air de vouloir cracher sur quiconque passait en dessous. Bien sûr, avec son père présent, elle était redevenue une parfaite dame.

— Je vous assure, Mademoiselle Burke, et vous aussi Sir William, que ces gargouilles sont fixées au mur aussi solidement que les pierres elles-mêmes, et même si elles venaient à prendre vie, au lieu d'être simplement des statues réalistes grâce aux talents de sculpteur de mon frère Ben, elles ne pourraient jamais se libérer, dit Torstan. Vous n'avez rien à craindre d'elles, Mademoiselle Burke.

— C'est très rassurant, Monsieur Stone. Penser que vos compétences pourraient déjouer même le surnaturel, dit Pamela.

Ben lutta pour ne pas rire. Elle se moquait de Torstan, qui était trop nerveux pour s'en apercevoir.

Sir William fronça les sourcils en direction de sa fille. — Vous devez pardonner ma fille, Monsieur Stone. Elle a une imagination terriblement débordante. Cela vient sans doute d'avoir lu trop de romans dans sa jeunesse, mais maintenant qu'elle est une femme adulte, et qu'elle aura bientôt les responsabilités d'une femme, elle aura des choses bien plus importantes pour occuper son temps.

— Il n'y a rien à pardonner, Sir William. Je suis sûr que c'est un compliment pour mon frère que son travail puisse stimuler ainsi l'imagination d'une telle dame, car je suis certain qu'elle est tout ce que vous pourriez souhaiter d'une fille. Torstan balbutiait maintenant, encore plus nerveux que jamais. Si seulement Sir William pouvait simplement leur remettre leur paiement et retourner à son château, tout irait bien.

— En effet, elle l'est. Elle fera une excellente épouse pour quelque gentleman un jour.

Torstan marmonna quelque chose qui semblait vaguement approbateur, mais Sir William ne semblait pas l'avoir entendu. Au lieu de cela, Sir William avait fixé son regard sur un cavalier se dirigeant vers sa demeure, son manteau rouge d'Inverness volant derrière lui comme une bannière ensanglantée.

Le visage de Sir William pâlit jusqu'à correspondre au gris maladif des gargouilles de pierre. Quel que soit ce cavalier, il ne pouvait pas apporter de bonnes nouvelles. Il tendit une bourse tintinnabulante à Torstan. — Voici votre paiement, comme promis.

Torstan la glissa dans la poche intérieure de son manteau et s'inclina. — Je vous remercie, Sir William. Si jamais vous avez de nouveau besoin des services d'un tailleur de pierre, les frères Stone seront à votre disposition.

Mais une fois de plus, Sir William n'écoutait pas. Probablement parce que le cavalier les avait repérés et se dirigeait maintenant vers eux.

— Holà, Sir William ! Quelle surprise de vous trouver ici, et non en route pour Londres ! N'avez-vous pas reçu ma lettre ? demanda le cavalier, en retenant son cheval un peu trop près pour être confortable, d'autant plus que les yeux révulsés et les flancs frissonnants et couverts d'écume de la bête indiquaient qu'il n'y avait pas d'amour perdu entre le cheval et son cavalier.

Sir William observa le cheval et recula de plusieurs pas. — Elle n'est arrivée qu'hier, Brandon, et comme j'avais des affaires urgentes à régler ici avant d'entreprendre le long voyage jusqu'à Londres, ce sera une semaine, voire deux, avant que je puisse même songer à partir.

Pamela fronça les sourcils, puis baissa la tête pour cacher son visage. De son père ou de M. Brandon ? Ben n'en était pas sûr, bien qu'il soupçonnât le second. Quelque chose ne collait pas chez cet homme qui maltraitait si abominablement son cheval.

Brandon sourit, ou du moins il sembla le faire. Il découvrit ses dents, retroussant ses lèvres vers le haut, mais l'expression froide dans ses yeux ne changea jamais. C'était des plus glaçants, comme observer un requin habillé en humain. — Des affaires urgentes, bien sûr. Je me doutais que ce pourrait être quelque chose dans ce genre, alors j'ai décidé de me rendre moi-même au château de Burke, pour m'assurer que vous receviez le message.

Sir William pâlit davantage, ce que Ben n'aurait pas cru possible. — C'est très... aimable à vous,

Brandon. Et, étant venu de si loin, vous devez rester avec nous.

Ce sourire prédateur s'élargit. — Je n'oserais pas faire autrement. J'ai tellement entendu parler du château de Burke, et de votre fille. Peut-être serait-elle disposée à me faire visiter les lieux ? Il tendit la main à Pamela, comme s'il avait l'intention de la tirer en selle avec lui.

Pamela baissa la tête et fit une profonde révérence, ses jupes s'étalant sur l'herbe autour d'elle, l'image même de la bienséance. Sauf que Ben pouvait voir son visage, rouge de colère, alors qu'elle serrait les dents pour ne pas répondre de la même manière à l'insulte de Brandon. S'attendre à ce qu'elle monte à cheval, proche d'un homme qu'elle ne connaissait pas, qui n'avait même pas mis pied à terre pour permettre une présentation en bonne et due forme - Ben n'était peut-être pas un gentleman, mais il avait de meilleures manières que de la traiter ainsi.

— Ma fille n'a guère de goût pour l'équitation, car elle s'éloigne rarement de la maison. Si vous souhaitez visiter les lieux, je demanderai à l'un de mes palefreniers de seller mon cheval, et je vous accompagnerai. Il y a beaucoup de beaux endroits à voir, dit Sir William, avec un sourire visiblement forcé.

— Très bien. Mais elle se joindra à nous pour le dîner, n'est-ce pas ? demanda Brandon.

— Bien sûr. Elle n'a pas d'autres engagements ce soir. Pamela, assure-toi d'être rentrée bien à temps pour le dîner, et habillée de ta plus belle tenue, dit Sir William. Il toussa.

Brandon avait l'air du chat à qui on avait donné de la crème. — Oh oui. Mademoiselle Pamela devrait être rentrée bien avant la tombée de la nuit. On ne sait jamais quels dangers se cachent dans l'obscurité d'un chemin de campagne.

Sir William déglutit. — Euh, oui. M'accompagnerez-vous à la maison ? J'ai besoin de... un cheval. J'ai besoin d'un cheval.

Un gentleman serait descendu de cheval pour marcher aux côtés de Sir William, mais Brandon donna un coup de pied vicieux dans le flanc de sa monture avant de galoper vers le château de Burke, tandis que Sir William se hâtait de le rattraper.

SEIZE

Pamela ne se faisait pas confiance pour dire un mot face à la grossièreté de M. Brandon, mais son silence lui demandait tout son contrôle. Lorsque lui et son père eurent enfin disparu de vue, elle s'effondra sur le socle de la Dame Endormie et enfouit sa tête dans ses mains.

— Pamela ? Vous allez bien ? Ben, que Dieu le bénisse.

— Oui... non... je ne sais plus. J'ai l'impression d'être au bord d'un grand précipice, et pourtant je ne peux voir ce qu'il y a en dessous avant de faire un pas en avant, mais alors il sera trop tard, car je serai déjà en train de tomber... Pamela secoua la tête. Peut-être que son père avait raison. Elle avait lu trop de romans, et maintenant ils la rendaient folle. Quelle autre explication y avait-il ?

— Qui est M. Brandon ? Votre père semblait terriblement effrayé par lui, bien qu'il ne soit pas un gentleman, malgré ses beaux vêtements.

La discrétion lui criait de ne rien lui dire, mais elle avait gardé les secrets de son père pendant trop longtemps. De plus, Brandon lui-même pourrait tout raconter au voisinage, sans se soucier de la réputation de son père ou de la sienne. Alors Pamela laissa tout échapper. Les énormes dettes que son père avait héritées avec le château de Burke, ses tentatives pour remédier à la situation et rembourser, vendant tout ce qu'il avait de valeur, allant même jusqu'à renvoyer les domestiques lorsqu'il ne pouvait plus payer leurs gages. Pourtant, les dettes continuaient de s'accumuler...

— M. Brandon est le principal créancier de mon père. Père lui doit beaucoup d'argent, et bien que je n'en connaisse pas les détails, il a menacé mon père à de nombreuses reprises, si bien que Père ne mentionne jamais son nom, sauf pour le comparer au diable en personne. Père lui rend habituellement visite à Londres, mais M. Brandon est venu une fois à Burke, quand j'étais toute petite. Il n'est resté qu'une nuit et est parti après une dispute enflammée avec mon père le lendemain matin. Deux des femmes de chambre l'avaient apparemment contrarié aussi, du moins c'est ce que mon père a dit — nous avions encore des femmes de chambre à l'époque. Je me souviens que M. Brandon disait qu'elles méritaient pire qu'une raclée pour leur insolence. L'une des filles pouvait à peine marcher, et l'autre... son visage avait tellement enflé que je pouvais à peine la reconnaître, avec tous ces bleus. Dieu merci, nous n'avions pas de femmes de chambre pour lui déplaire cette fois-ci. Les filles du village rentraient chez elles la nuit, et Mme Jewkes était si fiable qu'elle s'occuperait si bien de M. Brandon qu'il n'aurait rien à redire.

Ben écouta tout cela en hochant la tête, mais sans rien dire. Jusqu'à ce que son expression s'assombrisse à la mention des femmes de chambre insolentes. — Mon père disait toujours qu'il ne fallait jamais faire confiance à un homme qui maltraitait son cheval ou battait une femme. Votre M. Brandon a vraiment l'air d'être un scélérat. Vous devez vous assurer de verrouiller la porte de votre chambre la nuit, et faire attention à ne jamais être seule avec lui, car cet homme est l'un des pires scélérats que j'aie jamais rencontrés, j'en mettrais ma main au feu.

— C'est un homme très riche, Ben, peut-être l'un des plus riches d'Angleterre, du moins c'est ce que dit mon père. Nous ne devons jamais dire du mal de lui, car il a des espions partout, et c'est seulement grâce à ses bonnes grâces que mon père évite la prison pour dettes.

Ben grimaça. — Pamela, je ne connais cet homme que depuis quelques minutes, et je peux déjà vous dire que M. Brandon n'a aucune bonne grâce. Il est aussi miséricordieux qu'un requin en redingote. Je ne lui confierais même pas le contenu de votre pot de chambre, encore moins ne le laisserais-je entrer dans ma maison. Ce que votre père peut bien penser... mais la peur peut rendre fou aussi sûrement qu'un coup sur la tête. Peut-être que votre père ne réfléchit pas clairement. Mais v ous... avec votre esprit vif, vous devez savoir mieux. Si M. Brandon dit ou fait quoi que ce soit qui vous fasse croire que vous êtes en danger, comme je le pense, ne restez pas sous le même toit un instant de plus. Venez au Kelp Cottage, et mes frères et moi vous protégerons. Je vous le promets.

Pamela éclata de rire. — Ben, non. Vous dites des bêtises. Après avoir bu quelques verres de brandy, les hommes disent beaucoup de choses stupides qui s'avèrent n'être rien à la lumière du jour. De plus, s'il est comme vous le dites, et qu'il n'est pas un gentleman, alors ses manières seront plus grossières que ce à quoi je suis habituée, et en tant que bonne hôtesse, c'est mon rôle de le mettre à l'aise, au lieu de m'en offenser. Vous devez comprendre...

Ben saisit ses bras, ses mains brûlantes même à travers le tissu de ses manches. — Pamela, s'il vous plaît, écoutez-moi. Cet homme est une brute et il pense chaque insulte, chaque affront. Je connais son genre et je ne lui fais pas confiance. Promettez-moi que si quelque chose vous semble anormal, si vous ressentez ne serait-ce que la plus légère crainte à propos de quelque chose que M. Brandon dit ou fait, vous n'hésitez pas — vous courez. Courez jusqu'au Kelp Cottage.

Elle le regarda dans les yeux, incapable de détourner le regard. La sincérité brillait dans ces profondeurs gris-vert, tandis que la chaleur de ses mains se répandait le long de ses bras et à travers sa poitrine, se concentrant au cœur même de son être. Elle aurait aimé avoir le courage d'une des héroïnes de ses romans, pour pouvoir se pencher en avant et l'embrasser. Mais elle n'osait pas.

— Je... et mes frères... vous protégerons au péril de nos vies, promit Ben.

Elle le croyait. — Merci, dit-elle doucement. Je suis sûre que ce ne sera pas nécessaire. Mais merci quand même. Le bruit des sabots attira son attention, alors que M. Brandon et son père partaient faire le tour du domaine. Pendant un instant, elle crut que Brandon la regardait droit dans les yeux, mais son regard devait être fixé sur le château.

Elle se secoua. C'était ridicule. Elle devait rentrer chez elle et s'habiller pour le dîner, sinon son père serait fâché. — Merci pour tout, Ben. Quand j'apporterai mon carnet de croquis ici demain matin pour dessiner l'aube sur la folie terminée, vous verrez à quel point de tels soupçons peuvent être stupides, et nous pourrons en rire ensemble.

Le sourire de Ben était plus sombre, plus triste que d'habitude. — J'espère que vous avez raison, Mademoiselle Pamela. Il s'inclina profondément avant de descendre la colline vers sa maison.

DIX-SEPT

À son retour au cottage, il trouva ses frères occupés à faire leurs bagages, et ils l'accueillirent en lui ordonnant d'en faire autant.

— Que se passe-t-il ? demanda-t-il en fourrant ses chemises et chaussettes de rechange dans sa cape d'hiver, avant de rouler le tout en un ballot et de le fourrer dans un sac. Où allons-nous ?

— À la colonie de Swan River, bien sûr ! Mais d'abord, nous devons rendre visite à la Reine des Kelpies. J'ai pris des dispositions pour emprunter un bateau, mais nous devons partir ce soir et être de retour dimanche soir, car il sera nécessaire pour la marée de lundi matin, expliqua Dunstan. Une fois revenus, nous devrons partir immédiatement si nous voulons atteindre le Scindian avant qu'il ne lève l'ancre. Alors fais tes bagages maintenant, car tu n'auras pas le temps autrement.

— Mais... Pamela..., commença Ben. Il lui avait dit de venir les voir si elle avait besoin d'aide. Et si elle venait chez eux et qu'ils n'étaient pas là ? Il lui avait donné sa parole !

— Nous t'avons laissé le temps de dire au revoir, et tu en as bien profité. C'est mieux pour tout le monde, puisqu'elle va bientôt épouser un ami de son père, d'après ce qu'il dit.

— Pas Brandon ! s'exclama Ben.

Torstan secoua la tête. — Non, quelqu'un nommé Colbrand, ou quelque chose comme ça. Un veuf avec des enfants, cherchant à leur donner une nouvelle mère. Un ami à lui. Il doit arriver demain avec sa mère et les enfants. Un gentleman, comme une dame le mérite. Ils se marieront dans la semaine, a dit Sir William.

Pamela était-elle au courant de cela ? Sûrement, elle lui en aurait parlé si elle l'avait su. Dieu savait qu'ils avaient discuté de presque tous les autres sujets sous le soleil. Ben déglutit. Il savait qu'elle était trop bien pour lui, et elle n'avait probablement rien dit parce qu'elle avait voulu le mettre à l'aise, tout comme elle prévoyait de le faire avec ce brigand de Brandon. Elle méritait une vie d'épouse de gentleman, avec plus de domestiques que la seule gouvernante que son père gardait. C'était pour le mieux, se dit-il.

Pourtant, alors qu'il suivait ses frères dans le bateau et qu'ils quittaient le rivage, un vent glacial siffla dans son cœur, lui murmurant qu'il était fou de vouloir Pamela pour lui-même, alors qu'elle ne choisirait jamais quelqu'un d'aussi modeste que lui.

Peut-être que le vent, et ses frères, avaient raison. Mais cela ne rendait pas moins douloureuse la perte de Pamela.

DIX-HUIT

Malgré les avertissements de Ben, le dîner fut une affaire ennuyeuse. Brandon mangeait comme un gentleman, discutant de la météo et des récoltes avec son père comme s'il s'agissait d'un dîner normal. Le fait qu'elle et son père n'aient pratiquement rien mangé, ou que son père ait bu plusieurs verres de vin de plus que d'habitude, semblait passer inaperçu aux yeux de leur invité. M. Brandon ne semblait pas non plus se soucier du fait que Pamela ne dise rien du tout, bien que ses yeux s'attardent sur elle pendant une grande partie du dîner, même lorsqu'il parlait à son père.

Finalement, le dessert terminé, Mme Jewkes apporta le brandy. Pamela bondit sur ses pieds. — Je vais m'assurer qu'il y ait du café et des gâteaux dans le salon, pour quand vous aurez fini, dit-elle en se précipitant dehors.

Bien sûr, elle alla d'abord se rafraîchir, et dans sa chambre, elle aperçut son exemplaire du Guide de l'émigrant que Ben lui avait prêté. Elle devrait le descendre pour le montrer à Père, et peut-être qu'il changerait d'avis sur le départ pour les Colonies. Peut-être que M. Brandon, en tant que principal créancier de son père, pourrait la soutenir, car il voulait sûrement que les dettes de Père soient remboursées autant qu'elle.

Pamela descendit les escaliers en courant, puis ralentit le pas pour adopter une allure plus distinguée en passant devant la salle à manger en direction du salon. La porte était entrouverte, et le son de voix élevées s'en échappait.

— Je vous le dis, Burke, il n'y a qu'une seule façon dont les choses se passeront, et c'est comme je le dis.

— Mais Brandon, elle est fiancée à Colbrand, qui sera ici demain avec ses deux enfants orphelins de mère pour célébrer leur mariage ! Je ne peux pas rompre les fiançailles — il me poursuivra pour rupture de contrat !

— C'est pourquoi je dois l'avoir aujourd'hui. Cette nuit, en fait, ma première nuit dans mon nouveau château. Car je sais ce que vous manigancez, et votre père se retournerait dans sa tombe s'il savait à quel point vous avez l'intention de me spolier de ce que vous me devez de façon déshonorante ! Le château et les terres sont à moi, bien qu'ils ne couvrent en aucun cas le montant de votre dette, et si la loi les lie comme dot de votre fille, en tant que votre unique héritière, alors vous devez me donner la fille également. Peut-être la mettrai-je au travail dans l'une de mes maisons de plaisir. Elle rapportera une jolie somme pendant un an ou deux, jusqu'à ce que sa beauté se fane ou qu'elle attrape la vérole. Même alors, il y aura beaucoup d'hommes qui paieront un supplément pour coucher avec une dame.

Pamela laissa tomber le livre d'horreur. Heureusement, il ne fit presque aucun bruit en atterrissant sur le tapis. Elle le ramassa à nouveau, le serrant contre sa poitrine, comme s'il pouvait aider à refermer le gouffre qui venait soudainement de s'ouvrir là à cause de la trahison de son père. Mais non... il ne pouvait pas. Il ne ferait pas...

— Brandon, je vous en prie ! C'est ma seule fille. C'est tout ce que j'ai. Prenez le château et toutes mes terres, mais laissez-la épouser Colbrand. Elle ne mérite pas un tel sort.

— C'est tout ou rien, Burke. Soit vous me la donnez, soit je vous envoie tous les deux dans une prison pour débiteurs. Dans les deux cas, elle ne sera guère plus qu'une vulgaire putain. Cela dit, elle se prostitue probablement depuis un certain temps déjà, laissant ces vulgaires tailleurs de pierre la posséder.

— Pamela ne ferait jamais... c'est une bonne fille, elle ne...

— Et si nous la déshabillions sur cette table même, pour voir ? Je peux facilement dire si elle est vierge ou putain, car la différence entre les deux se mesure en livres et en pennies, dans ce qu'un homme paiera pour elle. Faites venir la fille maintenant, Burke, et vous la verrez se tortiller !

Ben avait raison.

Pamela n'attendit pas pour réfléchir. Elle se précipita vers la porte.

DIX-NEUF

Ils s'étaient relayés pour ramer la moitié de la nuit, laissant le clair de lune éclairer leur chemin, puis avaient dormi sur la plage jusqu'à l'aube, avant de monter la colline jusqu'au cottage que Dunstan jurait appartenir à la Reine des Kelpies. Il ne semblait pas plus grand que Kelp Cottage, certainement pas la demeure d'une reine, mais au moment même où Ben ouvrait la bouche pour le dire, Dunstan le fit taire.

— La Reine des Kelpies a un palais sous l'eau, que seuls les kelpies peuvent atteindre. Elle ne le quitte que lorsqu'elle accorde une audience à l'un d'entre nous, simples mortels, et c'est dans ce cottage qu'elle vient, car les autres kelpies nous dévoreraient vivants si nous osions entrer dans son palais. Elle peut prédire l'avenir, et ses visions se réalisent. Maman a dit qu'on lui avait prédit qu'elle aurait trois garçons, qui voyageraient au-delà des mers et vivraient dans un pays si étrange que le blanc serait noir, et ce n'est que lorsqu'elle a lu la lettre d'Oncle Stanley parlant de cygnes noirs au lieu de blancs qu'elle a compris. La Reine a fait jurer à Maman qu'elle nous enverrait tous les trois à elle pour entendre nos avenirs, et c'était le dernier souhait de Maman que nous venions ici aujourd'hui.

Dunstan regarda autour de lui. — Alors nous nous inclinerons devant la Reine, la remercierons très gracieusement d'avoir accordé ce don à Maman et à nous, et nous écouterons chaque mot qu'elle dira.

Ben hocha la tête. Il voulait croire que cette femme pouvait lui dire son avenir, mais seulement si c'était un avenir qu'il désirait. Si ce n'était pas le cas... alors il préférait ne pas l'entendre du tout.

Dunstan frappa à la porte du cottage. Elle s'ouvrit.

— Entrez, dit une voix de l'intérieur.

Dunstan entra le premier, et Ben le dernier, tirant la porte derrière lui. Il lui fallut un moment pour que ses yeux s'habituent à l'obscurité intérieure, mais quand ce fut fait, il laissa échapper un hoquet de surprise.

Le cottage était construit à l'abri d'une falaise, surplombant un joli lac, mais là où Ben s'attendait à voir le mur arrière du cottage, il n'y avait pas de mur du tout. Le cottage s'étendait profondément à l'intérieur de la falaise, où l'espace s'ouvrait sur une salle du trône digne de la reine Victoria elle-même. Au fond de cette longue salle, sur une estrade éclairée par des torches qui brûlaient d'une flamme bleue, une femme en noir était assise sur un trône. Ce n'est qu'en s'approchant du pied de l'estrade que Ben réalisa que le trône n'était ni en or ni en argent, mais fait de bois flotté blanc comme l'os et de varech tressé. La couronne de la Reine correspondait à son trône, un nid de pointes de bois flotté blanc tressées ensemble avec du varech, qui brillait d'une lueur étrange au-dessus de ses cheveux sombres.

Dunstan s'inclina profondément, faisant signe aux autres de faire de même. — Merci de nous recevoir, Votre Majesté. Notre mère, Marisa Muir, avant d'épouser notre père, Alan Stone, et de devenir Marisa Stone, nous a chargés de vous rendre visite avant notre départ de nos rivages natals. Elle m'a amené à vous il y a de nombreuses années, avant que je ne prenne la mer, et maintenant qu'elle n'est plus là, j'amène mes frères à vous, à la veille de notre départ pour la Colonie de la

Rivière des Cygnes. Nous ne posons qu'une seule question, comme notre mère nous l'a demandé : que nous réserve l'avenir ?

La Reine bougea sur son siège, se penchant en avant tandis qu'elle faisait un geste impérieux de la main. — Relevez-vous. Ce n'est pas la cour d'Angleterre, où l'on s'attend à des courbettes et des révérences. Mon peuple se tient droit, comme les hommes qu'ils sont, et bien que vous ne soyez pas des kelpies, si vous êtes de vrais fils de Marisa Muir, alors vos cœurs sont avec mon peuple. Alors, dis-moi, Torstan Stone... as-tu le cœur d'un kelpie ?

Comme Torstan ne répondait pas, elle se tourna vers Ben. — Jeune Ben, qu'en est-il de toi ? As-tu le cœur d'un kelpie ?

Ben humecta ses lèvres. — Je n'ai jamais rencontré de kelpie auparavant, et je n'en connais aucun assez bien pour connaître les secrets de leur cœur. À vrai dire, je ne suis même pas sûr de connaître mon propre cœur, car il veut me tirer dans de nombreuses directions à la fois.

La Reine hocha la tête. — Je vois, et pourtant ton avenir est plus clair que celui de tes deux frères. Savais-tu que ta mère m'a rendu un grand service ?

Ben secoua la tête. Peut-être que ses frères avaient entendu l'histoire de Maman, mais il était trop petit pour s'en souvenir.

— Quand j'étais une jeune épouse, il y a bien des années maintenant, mon mari me battait, m'accusant de stérilité. Un jour, il m'a battue si fort que j'ai cru mourir, et il a porté mon corps sur la rive du loch, comme une offrande pour les kelpies, car je n'étais bonne à rien d'autre, disait-il. Marisa, qui n'était alors qu'une fillette, a entendu la dispute et l'a vu quitter la maison avec ce qu'elle pensait être mon cadavre, et elle l'a suivi. Elle s'est cachée dans les buissons jusqu'à ce qu'il me laisse, et quand elle a découvert que j'étais toujours en vie, elle a soigné mes blessures. C'était une nuit d'été, très semblable à la nuit dernière, avec une lune brillante dans le ciel. J'avais entendu les histoires sur les kelpies, et comment ils aimaient le goût de la chair humaine, et je l'ai suppliée encore et encore de me laisser à mon sort, de se sauver elle-même.

— Mais Marisa n'est jamais partie.

— Avant l'aube, ils sont arrivés, glissant silencieusement hors de l'eau, un mélange de chevaux et d'hommes, du moins c'est ce que je pensais. J'étais muette de terreur, mais ta mère s'est levée, a croisé les bras sur sa poitrine, et leur a raconté ce qui m'était arrivé. Comment mon mari m'avait battue et laissée pour morte, ou pour être dévorée.

— Puis elle a lancé son défi. Elle leur a demandé s'ils étaient des bêtes de somme, obéissant aux ordres de brutes qui feraient cela à une femme, ou s'ils étaient des protecteurs, plus que des hommes, qui verraient la justice rendue ?

La Reine rit, se balançant légèrement sur son trône au souvenir.

Puis elle continua : — Ce n'est que plus tard que j'ai découvert que l'un des kelpies-chevaux était son frère, un homme que je pensais connaître depuis toujours, et qu'ils n'avaient aucune intention de nous faire du mal, ni à elle ni à moi. As-tu entendu les histoires sur les kelpies, Ben Stone ?

— Ce sont des chevaux aquatiques qui vivent dans les lochs, qui peuvent prendre la forme d'hommes ou de chevaux, pour séduire les jeunes filles dans l'eau où ils les dévorent, ne laissant que leurs entrailles sur le rivage, dit Ben. Du moins, c'est ce que racontent les histoires.

La Reine hocha la tête. — Ah, les histoires que racontent les hommes. N'allez pas au loch, ou les kelpies pourraient vous manger. Mais les femmes qui les connaissent, qui connaissent les secrets de leurs cœurs, racontent une histoire différente. Une histoire racontée dans l'obscurité, et dans la douleur, et seulement à ceux qui ont besoin de savoir. Des femmes comme je l'étais cette nuit-là sur le rivage. Des femmes qui veulent disparaître, pour que personne ne vienne les chercher, ou leur faire du mal à nouveau. Pendant qu'elles vivent leur vie avec leurs maris kelpies choisis, protégées et chéries, comme elles devraient l'être.

— C'est ce que vous avez fait ? demanda Ben.

— Ben ! siffla Dunstan.

— Euh, Votre Majesté, ajouta Ben, baissant la tête.

— Non, Ben, je n'ai pas disparu. Au lieu de cela, c'est mon mari qui a disparu. En rentrant de la taverne, il est tombé dans le loch et s'est noyé. Son corps a été rejeté sur le même rivage où il m'avait laissée, et je suis devenue veuve, et propriétaire de sa ferme près du loch. Mais je ne suis pas restée veuve longtemps, car j'avais attiré l'attention du Roi des Kelpies, et il avait attiré la mienne en retour. Et ce que mon défunt mari serait horrifié d'apprendre, s'il le savait, c'est que lorsque je me suis remise de cette dernière raclée, des mois après sa mort, car les os mettent du temps à guérir... c'est que je pouvais voir l'avenir. Des visions de ce qui arrivera, si vous continuez à suivre le même chemin. Et c'est pourquoi ils m'ont nommée leur reine, bien que le roi que j'aimais ne soit plus roi, et qu'un nouveau kelpie porte maintenant sa couronne, comme il se doit.

— Je suis désolé pour votre perte, Votre Majesté, dit doucement Dunstan.

La Reine rit. — La couronne du roi n'est pas une perte. La plupart des rois ne la portent pas plus de quelques années, avant qu'ils ne tiennent une élection pour un nouveau roi afin de pouvoir la transmettre. La royauté est un lourd fardeau, et je ne le souhaiterais à personne. Mon mari a abdiqué le jour où ils m'ont couronnée, et nous n'avons regretté aucun jour passé ensemble. Nous en avons encore beaucoup d'autres à venir, aussi.

Dunstan cligna des yeux. Pour une fois, il semblait à court de mots.

Ben s'éclaircit la gorge. — Alors quel est le secret dans le cœur d'un kelpie, Votre Majesté ?

La Reine lui sourit. — L'amour. Le désir de protéger, de nourrir tout ce qui nous est cher. Et si vous êtes vraiment les fils de Marisa, alors vous avez son cœur. Le cœur d'un kelpie. Des protecteurs, tous les trois, qui aimeront farouchement et feront tout ce qu'il faut pour les femmes que vous aimez.

Pamela. Il pourrait protéger Pamela du mauvais créancier de son père. Ben poussa un soupir de soulagement.

— Veux-tu savoir ce que l'avenir te réserve, Ben Stone ? demanda la Reine, comme si elle avait entendu ses pensées. Peut-être les avait-elle entendues.

— Oui, Votre Majesté, répondit-il. Il espérait ne pas le regretter.

— Alors écoute bien.

VINGT

Le chemin le plus rapide pour sortir de la maison passait par l'entrée des fournisseurs, au bas de l'escalier de service, et c'est par là que Pamela s'échappa, traversant la cuisine en courant, dépassant une Mme Jewkes stupéfaite, avant d'ouvrir la porte à la volée et de s'envoler dans la nuit. À travers le potager, puis par le portail du jardin, elle se retrouva dans le champ où les chevaux passaient leurs journées. L'herbe humide de rosée craquait sous ses chaussons de soirée, trempant à la fois ses souliers et ses bas, mais elle continuait à courir.

En approchant du sentier de la falaise qui menait à Kelp Cottage, Pamela regretta de ne pas avoir pensé à prendre une lanterne. Tomber de la falaise sur les rochers en contrebas pouvait être préférable au sort que Brandon lui réservait, mais Pamela n'était pas l'héroïne d'un roman gothique

— elle préférait vivre plutôt que de connaître une fin tragique.

Le chemin devant elle scintilla soudain dans un rayon de lune, lorsque cet astre fantomatique apparut à travers les nuages diaphanes pour éclairer sa route. Le bord de la falaise était plus proche qu'elle ne l'avait pensé. Quelques pas de plus et elle aurait pu basculer. Elle ralentit, avançant prudemment le long du sentier, jusqu'à ce qu'elle voie la bifurcation qui menait à la plage. La descente était plus sombre ici, à l'abri des falaises, et elle faillit se tordre la cheville sur des rochers invisibles, mais elle parvint jusqu'à la plage. Il n'y avait plus de sentier à suivre maintenant, juste la large route qu'était la plage rocailleuse, bordée de falaises sombres d'un côté et de vagues scintillantes au clair de lune de l'autre.

Kelp Cottage se dressait comme un monstre accroupi sur le promontoire au bout de la plage, et elle dut gravir le sentier escarpé pour l'atteindre. Elle crut entendre le bruit d'un tissu qui se déchire lorsque sa jupe s'accrocha à quelque chose, mais ses vêtements n'avaient plus d'importance maintenant, alors qu'elle continuait à monter vers la sécurité que Ben lui avait promise.

Bien qu'elle ne fasse confiance ni à Brandon, ni même à son père, elle savait qu'elle pouvait compter sur Ben. Il lui avait donné sa parole, et aucun homme d'honneur ne revenait sur sa parole. Elle serait en sécurité. Il l'avait promis.

Les fenêtres du cottage étaient sombres, mais la porte s'ouvrit facilement à son toucher. L'obscurité s'ouvrait devant elle, sans même un feu pour éclairer le chemin, mais les nuits étaient trop chaudes pour avoir besoin d'autre chose qu'un petit feu de cuisson, et Ben lui avait avoué il y a longtemps que ni lui ni son frère ne savaient cuisiner, ils achetaient leur nourriture à l'auberge de la ville.

C'est là qu'ils devaient être maintenant, décida-t-elle, en fermant la porte derrière elle. En train de dîner à la taverne, célébrant un travail bien fait, avant de rentrer dormir.

Un mince voile de clair de lune filtrait à travers la fenêtre incrustée de sel, dessinant une boîte blanche sur le manteau de la cheminée, à côté d'un chandelier. Pamela s'approcha pour mieux voir. Des allumettes ! Elle n'avait pas vu d'allumettes depuis que sa mère était en vie. Sa mère insistait sur le fait que c'était la manière la plus élégante d'allumer un feu, mieux que de risquer ses mains et ses ongles avec un silex et de l'amadou, avant de souffler et de haleter à genoux comme un étranger païen devant sa divinité du feu de camp.

D'une main tremblante, Pamela sortit une allumette et la frotta sur le côté, comme sa mère l'avait fait dans son souvenir. Il fallut plusieurs essais avant que les étincelles ne prennent, et la flamme jaillit, mais dès qu'elle la toucha à la mèche de la bougie, elle eut assez de lumière pour voir.

Elle était seule. La lanterne que Ben disait habituellement suspendue au-dessus de la table avait disparu, probablement pour éclairer leur chemin vers et depuis la taverne. Ils reviendraient bientôt, car il devait être près de minuit, sinon plus tard.

En attendant, elle patienterait.

Pamela s'affaissa sur une chaise, soudain plus épuisée qu'elle ne l'avait réalisé. Si elle fermait les yeux ne serait-ce qu'un instant...

Elle se réveilla en sursaut, le cou douloureux. Comment...? Oh, elle s'était endormie sur l'une des chaises dures du cottage. Elle n'avait pas pu dormir plus de quelques instants, car la bougie avait à peine diminué, mais si les hommes tardaient davantage, elle ne pourrait guère rester sur la chaise. Le lit l'appelait.

Elle se leva, titubant pendant quelques pas avant que ses jambes engourdies ne se réveillent, et se dirigea vers la porte. Mieux valait la barrer, si elle allait dormir. Les hommes sauraient que quelque chose n'allait pas quand ils rentreraient chez eux et trouveraient leur porte verrouillée, et ils frapperaient sûrement assez fort pour la réveiller. Elle plaça la bougie à la fenêtre, pour qu'ils sachent que quelqu'un était à l'intérieur. Voilà.

En sécurité dans son petit sanctuaire, Pamela se traîna jusqu'au lit. Quand elle s'assit, la paille craqua dans le matelas sous elle. Elle rit doucement. Elle n'avait jamais dormi sur un lit de paille auparavant. Elle retira ses chaussures et ses bas mouillés, puis décida d'ajouter sa robe de soirée et son corset à la petite pile de vêtements sur la chaise. Sous la couverture, personne ne verrait qu'elle ne portait qu'une chemise.

Mais le sommeil ne venait pas. Car même lorsque les frères reviendraient, que devait-elle faire ? Elle ne pouvait pas rentrer chez elle, si son père avait l'intention de la donner à Brandon. Pourtant, si Père ne la livrait pas, il irait en prison pour dettes pour rembourser ses dettes.

Le clair de lune traversa à nouveau la fenêtre, tombant sur un livre posé sur la table. Le Guide de l'Émigrant. Bien sûr ! Elle pourrait partir avec Ben et ses frères à la Colonie de la Rivière des Cygnes, et peut-être y trouver sa fortune. Elle avait lu des livres sur des filles qui s'habillaient en garçons pour se déguiser et partaient à l'aventure. Elle n'avait qu'à...

Porter des pantalons serrés pour que tout le monde puisse voir ses jambes et ses chevilles ? Pas question ! C'était presque aussi mauvais que d'aller nue. Non, elle n'aurait jamais le courage de s'habiller comme un homme. De plus, sa poitrine la trahirait. Il n'y avait aucun moyen de la cacher.

Qu'avait dit son père ? Quelque chose sur le fait qu'elle serait en sécurité même dans les contrées sauvages de Californie si elle était mariée. Dans la Colonie de la Rivière des Cygnes, un endroit où il serait sûr de fonder une famille...

Elle devrait demander à Ben de l'épouser. Son père pourrait s'y opposer, mais il avait perdu tout espoir de contrôler son destin quand il avait accepté de la donner à Brandon. Alors au diable son père, ou du moins, la prison pour dettes. Même si Ben s'y opposait, ils pourraient faire semblant qu'elle était sa femme, tant qu'il l'emmenait avec lui. Oui. Elle irait à la Colonie de la Rivière des Cygnes, et elle, Ben et ses frères construiraient un avenir ensemble. Loin du Château Burke et de ses dettes, et des mains cruelles de Brandon. Peut-être même qu'ils trouveraient de l'or, et que leur fortune serait faite.

L'avenir brillait dans son esprit.

Puis, avec un petit soupir, elle s'installa pour dormir en attendant que Ben et ses frères reviennent, afin qu'ensemble, ils puissent concrétiser sa vision.

VINGT ET UN

La Reine fixa son regard sur Ben. — Ben Stone, un jour dans un avenir lointain, vous mènerez une vie heureuse en tant qu'artiste, partageant un cottage avec vue sur la mer avec votre bien-aimée héritière. Mais d'ici là, vous rencontrerez de nombreuses épreuves sur votre chemin vers cette fin heureuse. Tout pourrait sembler perdu, et si sombre que vous ne pourrez voir la lumière au bout du tunnel, mais si vous restez sur votre voie actuelle, fidèle à votre cœur, un avenir radieux vous attend dans votre foyer de l'autre côté de la mer.

Elle se tourna vers Torstan. — Torstan Stone, votre destin ressemble beaucoup à celui de votre frère Dunstan, qui n'a pas changé depuis la première fois que Marisa me l'a amené. Vous trouverez tous les deux vos bien-aimées à l'autre bout du monde, de l'autre côté de la mer. Vous aussi, vous devrez travailler dur pour trouver le bonheur que je vois dans votre avenir, si vous restez fidèles à vos cœurs.

Son regard balaya les trois frères. — J'aperçois l'éclat de l'or dans votre avenir, pour vous tous, mais la vision n'est pas encore claire, donc cela pourrait ne pas se réaliser. Telle est la nature de mon don. Ce que je sais, c'est qu'il y a beaucoup de conflits autour de cet or, et vous devrez vous battre, vous battre les uns pour les autres, et pour les femmes que vous aimez, pour avoir ne serait-ce qu'un espoir de voir cet or.

— Merci, Votre Majesté, dit Dunstan en s'inclinant profondément.

Ben s'efforça de maîtriser ses pensées tourbillonnantes, tout en imitant Dunstan.

Il épouserait Pamela, et ils seraient heureux ensemble. Il pourrait travailler comme artiste, et non comme maçon ou fermier. C'était mieux qu'il n'avait osé espérer. Et de l'or... si la Reine avait raison, ils pourraient même trouver de l'or. Un avenir si brillant, il pouvait presque le voir lui-même. Il avait hâte de rentrer à Kelp Cottage, pour le dire à Pamela.

Il n'avait aucun souvenir de la longue marche de retour vers le bateau, ni d'avoir pris son tour aux rames pour ramener leur petite embarcation à la maison. Le soleil avait dépassé le point culminant de midi et commençait à glisser dans le ciel de l'après-midi vers son repos crépusculaire dans la mer quand ils arrivèrent enfin à Kelp Cottage.

Ses frères se dirigèrent vers la porte, mais Ben s'en détourna, vers le chemin qui menait à Burke Castle. Pamela. Il devait parler à Pamela.

Il trouva son chemin bloqué par trois hommes. L'un d'eux, il le reconnut comme étant le constable de la paroisse. Le deuxième était le forgeron du village, qui faisait facilement deux fois la largeur de Ben ou de l'un de ses frères, et le troisième homme, il pensait qu'il travaillait peut-être à la taverne.

— Lesquels d'entre vous sont les frères Stone ? demanda le constable.

Ben sourit. — Eh bien, nous tous. Nous sommes tous les trois les frères Stone. Dunstan, Torstan et moi - Ben Stone.

— Alors vous êtes en état d'arrestation, tous les trois. Vous devez nous suivre.

Torstan s'avança aux côtés de Ben. — Il doit y avoir une erreur. Nous sommes tailleurs de pierre, nous venons de terminer un grand projet de construction pour Sir William Burke, à Burke Castle. Demandez-lui. Il se portera garant pour nous. Nous n'avons commis aucun crime.

Le constable secoua la tête. — C'est au magistrat d'en décider. Vous devez nous suivre.

— Mais laissez-moi juste parler à Sir William. Il se portera garant pour nous, j'en mettrais ma main au feu, dit Ben.

— C'est Sir William qui m'a envoyé chercher, demandant votre arrestation. Maintenant, venez avec nous, car vous êtes déjà dans de beaux draps, et vous ne voulez pas ajouter la résistance à l'arrestation aux autres charges.

Les frères échangèrent des regards. Quel choix avaient-ils ?

— Nous allons vous suivre, dit Dunstan.

Ben jeta un regard plein de désir vers le chemin menant à Burke Castle, et à Pamela. Les choses s'arrangeraient, comme l'avait dit la Reine des Kelpies, mais d'abord il devait traverser cette première épreuve.

Tout irait bien, il en fit le serment, exactement comme la Reine l'avait dit. Il le savait dans son cœur.

À propos de l'auteure

Demelza Carlton a toujours aimé l'océan, mais lors de sa première plongée avec tuba, elle s'est rendu compte qu'elle avait peur des poissons.

Depuis, elle a nagé avec des lions de mer, des requins et des concombres de mer, et s'est tenue sur des falaises aspergées d'embruns au-dessus d'une mer bouillonnante alors qu'une houle cyclonique de sept mètres déferlait, brisant une épave en contrebas.

Demelza vit maintenant à Perth, en Australie-Occidentale, la capitale mondiale des attaques de requins.

La série Ocean's Gift a été sa première incursion dans la fiction, suivie de sa trilogie de thriller à suspense Nightmares. Elle jure que la série Mel Goes to Hell l'a prise en embuscade dansun train bondé et ne l'a plus lâchée.

Vous voulez en savoir plus ? Vous pouvezsuivre Demelza sur Facebook, YouTubeou sur son site web, Demelza Carlton's Place à l'adresse : www.demelzacarlton.com

www.ingramcontent.com/pod-product-compliance
Lightning Source LLC
Chambersburg PA
CBHW071339150726
47997CB00002B/795